YOL SEGURA
VIMOS CASAS HUNDIRSE

TUSQUETS
EDITORES

© 2025, Yol Segura

Colección: Andanzas
Diseño de la colección: Guillemont-Navares
Fotografía de lx autorx: © Juan Bautizta
Fotoarte de portada: Planeta Arte & Diseño / Erik Pérez Carcaño
Con de imágenes de: © Getty Images

Derechos reservados

© 2025, Editorial Planeta Mexicana, S.A. de C.V.
Bajo el sello editorial TUSQUETS M.R.
Avenida Presidente Masarik núm. 111,
Piso 2, Polanco V Sección, Miguel Hidalgo
C.P. 11560, Ciudad de México
www.planetadelibros.com.mx

Primera edición impresa en México: junio de 2025
ISBN: 978-607-39-2921-9

No se permite la reproducción total o parcial de este libro ni su incorporación
a un sistema informático, ni su transmisión en cualquier forma o por cualquier
medio, sea este electrónico, mecánico, por fotocopia, por grabación u otros
métodos, sin el permiso previo y por escrito de los titulares del *copyright*.

Queda expresamente prohibida la utilización o reproducción de este libro o
de cualquiera de sus partes con el propósito de entrenar o alimentar sistemas
o tecnologías de Inteligencia Artificial (IA).

La infracción de los derechos mencionados puede ser constitutiva de delito
contra la propiedad intelectual (Arts. 229 y siguientes de la Ley Federal de
Derechos de Autor y Arts. 424 y siguientes del Código Penal Federal).

Si necesita fotocopiar o escanear algún fragmento de esta obra diríjase al
CeMPro (Centro Mexicano de Protección y Fomento de los Derechos de
Autor, http://www.cempro.org.mx).

Impreso en los talleres de Litográfica Ingramex, S.A. de C.V.
Centeno núm. 162-1, colonia Granjas Esmeralda, Ciudad de México
Impreso en México — *Printed and made in Mexico*

Estoy cruda y otra vez amanecí caliente. El domingo mamá casi vio mi dildo de *Sailor Moon*. Apenas la escuché abrir la puerta sin tocar ni decirme nada, como es su costumbre, lo escondí tan bien que olvidé dónde. Me notó rara pero qué me iba a decir, si no supo ni qué estaba pasando. O se hizo la disimulada, y yo también. Más fácil que regañar y más fácil todavía que preguntar. «Me estaba masturbando, ma», quise decirle, pero su sutil sonrisa hizo que fuera imposible acercarme; ella es muy una mamá y yo muy una hija, una niña que ella debe castigar y controlar. Hace muchos años que me fui y me basta estar un par de días ahí para recordar las razones. La extraño a veces, por supuesto, pero en el parecernos cada vez más a nosotras mismas nos vamos alejando. Ni ella está contenta conmigo ni yo sé entender por qué sigue actuando como lo hace si eso nunca la hizo feliz, que yo sepa.

Pero lo intenta, me consta que lo intenta, y antes de despertarme tempranísimo para desayunar se pone a barrer la calle aprovechando que el sol todavía no está tan fuerte. Barre para que unas horas después las hojas del árbol de la vecina cancelen su trabajo, listo para hacerse de nuevo a la mañana siguiente, muy temprano, antes de irse a la escuela. Esas rutinas le dan sentido a todos los días y ella es así, como una Sísifa de la basurita traída por el viento.

Cuando guardé mis cosas para volver a la ciudad, no pude encontrar el dichoso dildo, que seguro está en algún lugar del clóset. Tengo miedo de que a la hora de limpiar le dé por entrar y remover hasta encontrarlo. El dildo en realidad es lo de menos, pero hay mucho ahí que no me gustaría que tocara. Mis juguetes viejos, la ropa que se fue quedando detrás de otra, las cartas que me escribían en la secundaria, todo eso que se acumuló y fue haciendo mi vida de niña y de adolescente, y que me gustaría que existiera sin su presencia, sin sus ganas de poner todo en orden y de cuidar que las cosas no se salgan de su sitio o se asomen tras la puerta, sin su deseo de esconder la vida detrás de cortinas floreadas, de guardarla en cajas decoradas que disimulen su contenido. Quiero contarme la historia que hubiera tenido sin su mirada persiguiéndome todos los días, los cuentos de hadas que ella no me contó, un cuento de hadas que fuera todo menos tranquilizante.

Aunque ahora nos llevamos bien, me cuesta mucho pensar en que esa mujer con la que salgo a desayunar después de que barre la calle es la misma que te pellizcaba delante de lxs niñxs de la escuela y te ponía castigos cuando te sacabas un nueve. Qué raro es sentir cómo las mamás se vuelven humanas ante nuestros ojos, conforme vamos creciendo y nos acercamos a la edad que tenían cuando nosotrxs nacimos. Apenas ahí les empezamos a ver las costuras, la inexperiencia, el miedo, lo poco preparadas que estaban para criarnos y lo bien que lo hicieron después de todo. Ahora veo que la perfección que me exigía era la que se exigía a ella misma: la pulcritud, la amabilidad, la limpieza, todo eso me lo enseñaba con la esperanza de que cuando fuera adulta no tuviera que aprenderlo por mi cuenta. Y, sin embargo, hay muchas lecciones que nadie puede explicarnos, y también hay mucho que ella no podía enseñar sencillamente porque no lo había vivido.

Pero sigo caliente y estos pensamientos me impiden concentrarme. Quiero mi dildo y lo pienso como si pudiera materializarlo a fuerza de tenerlo en mente. No logro venirme. Extraño el Satisfyer que se me descompuso hace una semana, su textura de silicón y la facilidad para llegar, un trámite físico que me ahorra la necesidad de estar excitada. Me quiero venir y ya, no tengo tiempo ni ganas de imaginarme una historia *soft porn*. Necesito una venida que llamaría postcapitalista, en la que el deseo es como la prisa y la urgencia porque tengo que concentrarme. No pido más que una venida para poder iniciar el día sin esta sensación de estar lejos, separada, en una lancha que partió de mí llevándome. Quiero cobrar conciencia de mi cuerpo con su olor y su movimiento para arrancar el día de buenas y salir a trabajar sin pensar en lo que se quedó en su casa.

Y ni la almohada, ni los dedos, ni nada. Lo intento más tiempo del que podía permitirme y lo mejor que obtengo es un orgasmo breve, indefinido, que solo reconozco porque un segundo después el roce se vuelve incómodo y la vulva se me cierra. Me levanto desilusionada y corro la cortina. Una ventana física primero, muchas ventanas de pixeles después cuando voy a la computadora. Tengo treinta y cuatro ventanas abiertas que ralentizan el inicio. Me meto a bañar inconforme con mi placer, con mis tareas semanales, con la idea de tener que salir a dar clase. Se me da pensar en una cosa para evadir la otra y luego al revés. Por ejemplo, si estoy dando clases, pienso en las notas que hay que escribir; si estoy escribiendo notas, me acuerdo de las bromas de mis alumnos; si estoy de visita con mamá, pienso en si esta semana me toca trapear o lavar el patio en casa. Y ahora quiero venirme de verdad para no hacer mi lista de pendientes. Quiero dejar de pensar y me masturbo de nuevo apenas salgo de la regadera, parece que sí lo voy a lograr.

Me imagino a un hombre que no tiene cara, o yo no la veo. Tengo los ojos cerrados, siento un cuerpo encima de mí que me penetra con fuerza, más fuerte, más adentro. Cuando estoy a punto de venirme, ese cuerpo se vuelve más ligero y ya no es él quien me penetra. Soy yo quien busca una boca e introduce la lengua, soy yo quien mete los dedos en un orificio, soy yo quien muerde los pezones, quien quiere entrar. Toda yo estoy intentando estar dentro de ella, toda yo quiero convertirme en ella. Envidia y deseo conjuntados. No le pongo rostro ni siento la necesidad de paladear ningún nombre, me invento una fantasía a la medida de mi deseo. Imagino unos dientes perfectos y un cuerpo que curva hacia atrás la cabeza y se deja hacer al tiempo que conduce sus manos por mi espalda y me besa como queriendo arrancarme pedacitos de carne del hombro. Cinco minutos más y ya tuve dos orgasmos sobre la silla frente a la computadora, la toalla está en el suelo y comienzo a sudar. El sol a estas horas es un intruso en mi recámara, no me deja estar y me recuerda que tengo que salir cuanto antes. Si me apuro, alcanzo a llegar a tiempo para checar. Un día más.

Muevo el cursor para revisar el mail y la computadora se traba. Fuerzo el reinicio apretando el botón. La pantalla se pone en negro y luego en blanco, siete minutos tarda en volver a ser funcional. Se vino más rápido que yo. Las pestañas que estaban abiertas se borraron. El navegador se siente como el vacío perfecto para iniciar la semana con la certeza de que algo me falta. Incompleta estoy y así voy a la cocina a buscar las sobras de la pasta de ayer. Salgo de casa.

Mientras espero el autobús, recibo una llamada de mamá. Me sorprende que me llame tan temprano en lugar de estar en la escuela.

—Se salió el agua por la coladera y no alcancé a subir todas las cosas. No se mojó tanto pero creo que se van a echar a perder los muebles, ¿crees que puedas venir hoy en la noche saliendo de tu trabajo? Voy por ti a la central.

»No, no estaba en la casa. La lluvia empezó como a las ocho, me dijo la vecina. Y como el plomero vino en la mañana, no me alcancé a dar cuenta de que no había reparado bien la tubería.

»Sí, hacía mucho que no llegaba tarde, pero no me di cuenta.

»Porque ayer me jubilé y me hicieron una fiesta.

»¿A poco hubieras querido venir?

»Treinta y cinco años.

»Bueno, voy limpiando lo que pueda. Aprovechamos para sacar cosas. El sábado viene el albañil.

»Sí, por lo de la gotera del techo pero también porque quiero que cambie el piso del comedor.

»Porque sí.

»Porque no.

»Porque sí. Te veo al rato.

No sucede nada extraordinario pero la historia comienza así. El viernes en la mañana me dijo mamá que si podía ir a verla por lo de la inundación. Lo que yo le contesté no importa tanto como lo que oí en su tono. Una angustia que no era del tamaño de lo que me contaba, sino mucho más grande y pesada, como una alberca llena de globos de agua en la que ella estaba al fondo, respirando entre los huecos.

Mamá vive sola en esa casa de dos plantas, tres recámaras, un estudio, patio, cochera y dos baños. Una casa que fue durante muchos años una promesa de progreso rodeada de nopales, órganos de cinco puntas, magueyes, pirules y garambullos. Cada hora se escuchan las campanas de la iglesia. Hace tiempo, eran campanas de verdad las que nos avisaban cuando alguien se moría: el repiqueteo doble era una llamada para la misa del difunto a la que nosotrxs no atendíamos nunca porque mi familia, como no había nacido ahí, conocía muy poca gente. Mamá no disfrutaba hacer amigxs y se mantenía fuera de las dinámicas del pueblo; suficiente tenía con las señoras metiches de la escuela, me dijo cuando le pregunté por qué no salía.

Ahora lo que hay es una bocina en la torre y, en lugar de jalar una cuerda, alguien reproduce un CD cada hora del día. Las campanadas son un sonidito como de celular dosmilero que reproduce «tú eres mi hermano del alma, realmente el amigo». Los instrumentos falsos hicieron que un día el sonido del pueblo se sintiera nuevo, avanzado, durante un poco de tiempo. Se sigue escuchando hasta la casa y es mucho más molesto. Mamá ya se acostumbró, pero como esto pasó después de que me fui, no dejo de escuchar ese sonido ajeno interrumpiendo lo que pasa en nuestra convivencia cada que voy a visitarla: un recordatorio de todo lo que no entiendo en esto que ahora es mi pueblo, ding ding ding tirirí.

La primera vez que la vi fue hace tres domingos, cuando venía llegando de visitar a mamá, como siempre. Llego a casa y me sorprende la música sonando tan fuerte para un domingo en la tarde. Hay unas veinte o treinta personas, como yo vivo ahí estoy directamente invitada, aunque no estuviera enterada de la fiesta. Entro y voy al refri por cerveza. El primer trago me cambia el sentimiento melancólico que traía después de venir en el autobús viendo vacas en establos y fábricas por la ventanilla. En el centro de la sala hay una chica que no conozco con un caballito de tequila en la mano, derrama el líquido mientras se agita con la discusión, sus ademanes son intensos y firmes. Entonces me acuerdo: Oli y Ana ya me habían contado de ella, llegó hace dos semanas, consiguió que Niv la recibiera en su casa gracias a una de esas plataformas de hospedaje gratuito para mochilerxs.

«El sujeto político del feminismo, en realidad los feminismos en plural», *dulce, deliciosa como una cookie* «no serían exactamente las mujeres, sino la posibilidad de cuestionar esa asignación y reconocer las opresiones compartidas» *hoy estoy a fuego, 'toy chucky* «para establecer alianzas con las disidencias», dice con el gesto duro y ganas de pelearse, insistente, aunque nadie está contradiciéndola *dulce, deliciosa como una cookie.* «No queremos emanciparnos solamente, sino rebelarnos contra el poder soberano, la biopolítica y el cisexismo».

Tú ere' linda y yo estoy rulin. Me gusta lo que escucho y quiero abonar a la conversación, así que intervengo con cualquier cosa sin decir hola, para hacerme notar. *Nos besamo', pero somo' homie'.* Me escuchan con atención dos segundos y continúan, sin integrar nada de lo que acabo de decir. *Tú ere' linda y yo estoy rulin.* No vuelvo a interrumpir el momento que indudablemente va a solucionar todos los problemas del mundo. La miro, escucho su acento, *Nos besamo', pero somo' homie'.* Muevo la cabeza en señal de afirmación cada que dice algo.

Salgo a fumar y hago un guiño para que la argentina me siga. Me adelanto al patio y me aseguro de que venga detrás de mí. Le ofrezco un cigarro que ella toma. Pongo atención a la forma en que sus dedos sujetan la colilla, a cómo me toma el encendedor de la mano y hace un roce ligero, un poco más largo de lo normal. No sonreímos pero nos vemos fijamente.

—Yo soy Irene.

—Camila, ¿cómo va?

Le sonrío como respuesta. Fumamos rápido y en silencio, me lleva a bailar apenas apaga su cigarro; todavía no termino el mío pero la sigo. Lxs otrxs siguen hablando y se escucha alguna carcajada, no ponemos demasiada atención. Camila se cansó de escuchar. Después de poner una de Chocolate Remix y otra de Julión Álvarez, aprovecha un momento en que Ana llega a preguntarme dónde hay servilletas para ir a platicar con otro grupito y sube todavía más el volumen de la música, como si comenzara a estorbarle el exceso de sentido que buscamos con nuestras conversaciones, como si tuviera ganas de apagar su parte que piensa y dejar activo solo el cuerpo y lo que puede entrar a él.

Siento un pinchazo en la frente, de esos que bajan al estómago como un tirón del deseo conectándose con la idea, una línea fina bordada con otra. Estoy borracha de una manera que no corresponde a las cuatro cervezas que llevo, la embriaguez es distinta y se siente en otro sitio.

Ana me pregunta si todo bien y apenas asiento se agarra a besos con su novio en el sillón. Camila toma una pausa para voltear hacia mí y continúa bailando sola, en medio de la sala. Sabe que la veo y ella me ve de vuelta. Intuyo que nuestro encuentro real va a ser en unas horas y no quiero comerme el resto de la fiesta ocupada en ella, así que me voy a la cocina donde Oli sirve botanas y platica con sus amigas. En el reflejo de la ventana, Camila me dirige miradas cómplices y pasea la botella de vidrio sobre su boca: lengua y labios húmedos, discretos, pero no lo suficiente; hace la tensión visible y poco a poco las demás personas comienzan a desaparecer. Quedamos ella y yo en la cocina, se acerca a pedirme otro cigarro; si ella no viniera, sería yo quien iría a buscarla. Volvemos a la sala.

Es apenas un par de años mayor que yo pero ha viajado mucho más y ha experimentado un montón de cosas, eso se le nota sin que me lo tenga que decir. Hay algo en cómo agarra el vaso y cómo toma el cheto sin inmutarse aun cuando evidentemente no ha comido de esos nunca. Reacciona al picante con un pequeño soplido hacia adentro y cambia a las rueditas, después se siente cómoda con las bolitas anaranjadas y sigue comiéndolas. De todo eso me doy cuenta mientras bailo y platico con Hugo, con Ana y su novio, con Oli. Una parte de mí ya está con ella; Ana me conoce tan bien que lo sabe a pesar de que lxs esté escuchando. Sonríe cómplice y después se harta de que nada pase y de que yo me conforme con dedicar mi atención a los movimientos de ella. Oli busca otra cerveza.

Yo no uso ropa blanca porque invariablemente la mancho. Casi nunca sé de qué y no puedo pasar más de diez minutos sin que le aparezcan al pantalón unas rayas de tierra o a la blusa una marca de maquillaje. Por eso admiro la camisa impecable y larga que a Camila le llega a los muslos y que a estas horas de la noche está todavía pesada y perfecta, al menos de lejos. Las cosas nunca son tan blancas como aparentan bajo la luz tenue de fiesta y, sobre todo, nunca son tan limpias como cuando las vemos a la distancia. Percibo el perfume que antes no me llegaba porque no estábamos tan cerca y el humo lo disimulaba. Uno de esos aromas caros que dejan una estela cuando abrazas a alguien que lo usa: sé que tiene flores, sé que tiene algún componente cítrico y un poco de madera. Femenino pero no demasiado. Fuerte pero no empalagoso. Pienso en el perfume y pongo estos adjetivos como presagio. Todo lo que imagino implica despertarme al día siguiente con el aroma impregnado y, si todo salió bien, no sentir ninguna necesidad de quitármelo.

Quedamos solo nosotrxs cinco cuando está empezando a clarear. En la bocina ya suenan Mecano y Flans, con el algoritmo diciéndonos que es hora de acabar la fiesta. Siento alivio cuando recuerdo que mañana es puente por la Independencia. Ponemos una de José Alfredo para entrar a tono con una emoción que no sentimos, pero de todas formas cantamos a gritos que la vida no vale nada. Camila se divierte con nuestro dramatismo exagerado, «tan mexa», dice.

En un rato tendré que hacer las pinches notas del semanario, cruda desde mi cama.

Cuando ella se acerca a tomar la última cerveza del refri, roza mi cintura y adivino su aliento tibio y acre sobre el cuello. Volteo y nos sostenemos la mirada otra vez. La tomo de la mano y la invito a mi cuarto, la luz está apagada pero el primer momento de sol delinea con claridad las formas. La lata hace clic y derrama un poco sobre mí. Si fuera ropa clara, ya tendría la marca del líquido que yo ni siquiera estoy bebiendo. Ella se ríe. Es mucho más alta que yo y tiene el cabello rizado, la piel blanquísima. Me tumba en la cama y no espera a desvestirme. Ojalá lo hiciera porque yo me siento incómoda mojada. Se saca la blusa y veo que debajo no lleva nada. Sus pezones buscan los míos y me quito el sostén. Me da un beso largo y luego nos acostamos. Ella es la primera en llamarme I, elige esa vocal difusa para nombrarme. Me gusta. No hace falta dar muchas explicaciones: se siente mucho más cómodo, menos definido, más ancho para caber entera. No pasará mucho tiempo antes de que todxs mis amigxs me digan así. Es como si la sola letra hubiera estado esperándola, esperando a que Camila la encontrara y con eso abriera un cambio grande en mí. Dejo de llamarme Irene, porque hace mucho que ese nombre solo dice todo lo que no quiero ser, porque así se llama mamá, porque es el nombre que nadie pensó para mí sino que eligieron por costumbre, y con esa herencia esperaban que repitiera el molde, la forma, el intento de simpleza. Pienso en eso y se vuelve cómodo referirme a ti como alguien separado de mí, eres Irene y yo soy I. Eres la niña que vivió en esa casa y yo vengo de un lugar que no tiene pasado, todo lo que voy a contar ahora es para inventarlo.

Cuando despierto Camila ya no está.

Antes de salir, me pruebo varios vestidos y los aviento todos al suelo. No hay ninguno que me quede y me haga verme como me quiero ver. A Irene le gustaban los vestidos que la tía y mamá le hacían con encajes, bordados y estampados de colores. A I no. Me pongo un pantalón, una camisa de botones y encaro el día.

Llego a casa de mamá y veo los diez centímetros de agua en la que flotan mis cosas, todo excepto la cama por el peso, y mamá diciendo que no termina de sacarla. Va de un lado a otro, como si algo fuera a alcanzarla. El agua se concentró en la recámara, la sala y el comedor tienen apenas unos charcos que van secándose solos. Entre las cosas que flotan hay una caja con cartas y papeles de la primaria y la secundaria de la que intento salvar algo, pero las tintas están corridas y los papeles empiezan a deshacerse. Queda solo un barquito hecho con una envoltura plastificada que me regaló Aurora. Lo tomo y me encojo para caber en él. Uso como remo un lápiz y me paseo de un lado a otro de la habitación contemplando el desastre. Cada objeto se vuelve enorme ante mis ojos y me obliga a verlo de otra manera. Encogida estoy, los zapatos son islas que tengo que esquivar y mi grabadora vieja, un transatlántico encallado en un mar contenido entre muros. Mis manos alcanzan a tocar las partículas del agua y dividirla. Mamá llega con cubetas para seguir vaciando y no se sorprende de verme diminuta, sino que se acerca y se encoge ella también, y así vamos reconociendo la casa que tantos años hemos habitado y que tan pequeña llegó a parecernos. Luego de dar algunas vueltas inspeccionando los daños (la pared quedará irremediablemente marcada, habrá que cambiarle las patas a la cama, la madera del clóset hinchada ya no va a volver a su forma pero creemos que seguirá siendo funcional, las cortinas necesitan una lavada profunda). Muchas vueltas damos hasta que lo reconocemos todo y casi nos aburrimos. Tomamos el extremo de la colcha húmeda y resbalosa y la escalamos conforme vamos haciéndonos nuevamente de nuestro tamaño. Algo de mí, sin embargo, se queda siendo esa persona diminuta que todo lo ve desde abajo, algo se queda buscándote y esperando que aparezcas como en el reflejo de un espejo roto que flota en la superficie. Pero no hay rastro de ti que me haga sentirte cerca y que me ayude a unirte con esta que soy ahora. Aun así, tengo que buscarte.

Cuando la abuela Esther venía a visitar, no dejaba de señalar lo pequeña que le parecía la casa que ahora a mí me parece enorme. La relación con el espacio era muy distinta en esos años y el interés social tenía otras dimensiones. Hugo, por ejemplo, vive con su mamá y su hermana en un departamento de cincuenta y cuatro metros cuadrados sin patio, esto se ve clarísimo. Pero él tiene la ventaja de alcanzar el frigobar desde la cama para tomar una chela mientras trabaja.

Esta casa la hizo crecer mi mamá igual que a ti y a tu hermana. Mientras les ponía vestidos de holanes, les hacía colas de caballo relamidas y les daba de comer hígado encebollado con brócoli, a la casa le instalaba cortinas y ropa de cama que ella misma hacía. Les compraba muñecas y a la casa una maceta de sapo que todavía está en el patio. Conforme pasa el tiempo, es como si ella estuviera poniendo su propia vida en estos cuartos que a veces resplandecen y otras tienen la presión de muchos años carcomiendo las paredes. Aunque el «muchos años» es relativo, no es esta una de esas casas coloniales que se ven en el centro y las familias heredan por generaciones. La primera habitante fue mamá, con ella nació esta casa y con ella nacieron ustedes. Apenas nota algo que se carcome un poco, o un pedazo aplanado que se cae por la humedad, va por pintura de diferentes colores. En este momento todos los muros son rosas. Esta casa y sus remodelaciones son lo que resultó después de treinta y cinco años de levantarse temprano, y al menos quince de ellos alerta para hacerles el desayuno —papá exigía comidas completas: tortas de papa, costilla con verdolagas, mole con pollo a las siete de la mañana—, salir a la escuela, tocar la chicharra, calificar los trabajos, dar la clase, quedarse en el recreo con lxs niñxs castigadxs, atender la formación, la distancia por tiempos, volver al salón, continuar con las actividades del libro, la chicharra otra vez, coordinar el aseo, esperar a que lx últimx niñx terminara de copiar la tarea, tomar el autobús de regreso, a veces cargarte porque te quedabas dormida, pasar a comprar verduras para la comida, hacer la comida, tomar una siesta de quince minutos, vigilar que terminaras la tarea, barrer, trapear, sacudir, lavar los trastes, preparar la cena, recibir a papá, preparar el almuerzo del día siguiente para él, guardarlo todo en el refri, ver un capítulo de *La ley y el orden: UVE* mientras repasaba los libros y las actividades para la clase e irse a dormir tarde mientras papá, Bertha y tú ya estaban en cama. Así de lunes a viernes, el sábado era día de lavar y el domingo de planchar escuchando a Emmanuel y Franco de Vita. A veces, papá las despertaba muy temprano con música de Bronco para hacer limpiezas generales. Después él se fue, ustedes también se fueron y ella se quedó con su casa, su casa que es ella misma y está siempre impecable, abierta y al mismo tiempo aséptica. Yo podría volver si quisiera y todo estaría en la posición de siempre, pero aquí ya no tengo nada más que los recuerdos que ella insiste en borrar. Para ser esta que soy tuve que deshacerme de lo que ella quiso para ti y es como si ahora estuviera buscando una historia nueva entre estas paredes húmedas que tan bien conozco, quizá porque tengo que asumir mi lugar de visitante en esta vida que es suya y en la que yo no quise o no pude quedarme. A veces tengo ganas de preguntarle muchas cosas a mamá pero su cuerpo entero es como un dique que la sostiene de desparramarse en palabras; tengo miedo del día en que una fisura apenas baste para dejar salir lo que tanto insiste en mantener bajo control.

Aquí todo es frío y húmedo y aunque es firme parece que está a punto de deshacerse, como si las paredes estuvieran llenas de salitre, como si fueran a descarapelarse hasta terminar convertidas en polvo cuando las toco. La inundación la vuelve todavía más frágil o más bien soy yo, somos nosotras, quienes nos volvemos frágiles. La casa es la misma, las mismas sus dimensiones, pero lo que hay que salvar del agua nos recuerda que podemos perdernos de un momento a otro, que las cosas que se echen a perder son también una parte de nosotras mismas. En mi caso, una parte que quiero olvidar pero se resiste y volver a confrontarla me impide seguir escondiéndola en un rincón del clóset y en un rincón también de mi memoria. Lo que de niña me daba miedo se desencapsula como una píldora que deja salir el contenido: todo menos una medicina.

Cuando el sueño está a punto de vencerme, subimos las escaleras y me quedo en una de las recámaras de arriba, donde no llegaron los estragos de la inundación. La única recámara que está abajo es la tuya, Irene, porque cuando Bertha nació papá y mamá decidieron que preferían tenerla cerca a ella, por si lloraba en la noche.

El sábado bien temprano me despiertan las cerdas de la escoba que van y vienen y, más que limpiar, arrastran el polvo y lo dispersan. Aunque mi cuarto sigue inundado, el resto de la casa tiene lodo que el calor rápidamente seca. El mismo polvo que siempre entra y es un enemigo de mamá. Ella lo combate como la guerrera más implacable. Pasa la escoba, pasa un trapo con aceite rojo por los muebles, pasa el trapeador, cierra todas las ventanas para que no entre de nuevo. Ella sabe que es una batalla perdida pero no abandona el intento. Las polvaredas traen la tierra estéril y los remolinos silban entre los pasillos mientras ella se queja e inventa nuevas formas de atajarlo, poniendo trapos en los resquicios, humedeciendo los mosquiteros, buscando que todas las puertas y ventanas estén cerradas herméticamente.

Aunque la casa está iluminada, siempre se siente fría, como si tuviera adentro un aire que viene de muchos años antes y no terminara de pertenecer a este semidesierto en el que está colocada, parece orientada más por las pesadillas que por los sueños de mamá. Los sillones de cuero sintético no ayudan, no se calientan nunca y hacen que una se resbale de a poco, igual que los de un consultorio de dentista que te hacen sentir siempre incómoda y siempre con ganas de salir corriendo antes de que te saquen una muela o te pasen el taladrito sobre una caries. Mamá los limpia con armorol, eso les da un olor a vinil, a coche nuevo. Todo aquí se siente deshabitado, un sitio de tránsito en el que el orden y la impersonalidad son repelentes, genéricos, como anunciando detergentes o limpiadores de pisos con aroma a brisa marina, pasión de frutas o inspiración tropical. Si no fuera la casa familiar, pensaría que es una de esas casas muestra a la que vas y mides las dimensiones para calcular si ahí quieres poner tu vida y si te alcanza para invertir. Una casa lista pero que se siente a punto de suceder, sin imperfecciones porque todavía no tiene a nadie adentro.

Cuando termina de barrer, mamá saca las muñecas viejas de mi cuarto y las enciclopedias del estudio que, como estaban en uno de los estantes altos, quedaron intactas. A las muñecas las limpiamos y ella insiste en ponerlas en la calle para que se las lleve alguna niña, yo me niego porque no quiero soltar ni a Fernanda ni a Claudita ni a Rosalinda, así que las guardo todas en una bolsa negra que después pongo hasta arriba en el clóset. ¿De qué sirve que yo las saque si las vuelves a guardar? Me pregunta y no respondo. La inundación no puede obligarnos a tirarlo todo. De las enciclopedias no le digo nada porque yo tampoco las quiero. Nadie las ha abierto en quince años. La última fuiste tú cuando ibas a la primaria y no tenías internet. Decenas de libros iguales y uniformes le daban al librero una apariencia de prolijidad que mamá enfatizaba con las carpetas de encaje guinda que tejían ella y la tía. Esas enciclopedias, compradas a pagos con el abonero que las ofrecía de casa en casa, hablaban de presas hidroeléctricas y modernidad. De globalización. Del libre mercado como una idea sencilla. Carlos Salinas o Ernesto Zedillo son los últimos presidentes que aparecen en los libros de biografías. Los tomos gruesos eluden la educación sexual pero hay imágenes de mujeres embarazadas y el tamaño «real» de sus fetos. En el mejor de los casos, aparecen los aparatos reproductivos: vulvas de colores brillantes, verde, amarillo, rojo. La sangre menstrual siempre es azul. Las vergas aparecen lánguidas y, cuando erectas, las descripciones textuales cubren el glande. Apenas esas imágenes bastaban para que de niña estuvieras muy atenta a los cambios y sintieras un líquido ligeramente espeso bajándote por los muslos cuando pasabas los dedos por aquellas páginas, acariciando el papel brillante e imaginando las texturas que tendrían aquellos órganos en la vida real. Ahora todo sobra, ninguna librería de viejo ni biblioteca va a aceptar esos volúmenes.

Detrás de ellos, aparecen los libros de texto de mamá maestra e hijas estudiantes. Algunos están forrados con papel de regalo de los Ositos Cariñositos o de los Rugrats, otros tienen papel lustre con hologramas metalizados debajo de las etiquetas de Benito Juárez y los nombres impresos a máquina de escribir. No había algo menos práctico que cubrir los lomos y después tener que sacar libro por libro para encontrar el que buscabas. Me cuesta mucho pensar que algo de esa ti sigue viviendo en mí y comienzo a sentir que se trata de otra persona con la que apenas comparto algún rasgo, como una prima lejana a la que ves dos o tres veces y te encariñas, pero no tienes nada en común y un día dejas de reconocer en las escasas reuniones familiares. Pienso en esa Irene y algo se me remueve, algo no coincide con la imagen que inventé de mí misma, algo se escapa y le quiero dar forma pero no hay manera, como si ser niña fuera un estado separado del resto de mi vida, como si pudiera tomarlo todo y cambiarlo de lugar, de familia, de pueblo. Y así voy a una de las fotografías enmarcadas sobre la pared rosa pastel y te veo, Irene, te veo con tu cara de ganas de que algo pase, de que algo sea distinto, veo tus ganas de que alguien te mire o te abrace.

Ahí está también el examen diagnóstico de primero donde escribiste tu apellido materno con faltas de ortografía y olvidaste ponerle pies y cabello a papá. Aunque se humedeció, el agua no pudo borrar las marcas grises del grafito. Salen también los álbumes de fotos, con apenas unas manchas leves de lodo, el primero es de festivales escolares. Hay otro de cumpleaños y navidades, otro de fotos tuyas y otro de Bertha.

Sin que mamá se dé cuenta porque está ocupada limpiando y descartando, tomo todas las fotos que puedo y dejo espacios vacíos que estoy segura que no verá pronto. Me las llevo en el único álbum que tengo permiso de sacar, el que está rotulado con tu nombre. Saco también el libro de Historia y Geografía de Querétaro y los bajo a mi cuarto, eso me voy a llevar. El miedo que siento de que mamá toque mis cosas desaparece cuando entiendo que no va a dejar nada intacto y hay demasiado que tirar. Muy poco puede salvarse. Me dice que separó algunas que a lo mejor quiero llevarme. Hay una carta de tu novio de la secundaria, un payasito de cuerda y ahí, entre todo lo demás, aparece también el dildo de *Sailor Moon* perfectamente envuelto en una bolsa de plástico.

Por el poder del Prisma Lunar.

Se jubiló y no nos dijo nada, como si fuera algo que hace todos los días, igual que ir al gimnasio, barrer la casa, ir a trabajar. Se jubiló y le hicieron una fiesta a la que no fui porque no me enteré. Me hubiera gustado celebrarla y, sobre todo, me hubiera gustado ver su cara, la de alguien que no va a tener que volver a levantarse temprano.

Ese día, ya casi a la medianoche, recibo un mensaje del licenciado, que si este fin de semana fui a mi pueblo. Le respondo que sí y me dice que, ya aprovechando, vaya a la presa. Que quiere un reportaje sobre las atracciones turísticas del lugar. «Pan comido», pienso y le respondo solo con un 👍 al mismo tiempo que le grito a mamá que si me lleva mañana. Ella me dice que sí sin preguntarme a qué voy, dudo incluso que me haya puesto atención.

Antes de quedarme dormida, busco en el libro de texto de tercero un mapa y lo hago coincidir con el de la pantalla de la computadora. Calco una línea y marco puntos. No es preciso ni detallado pero es el que aprendí. Este es el mapa de lo que recuerdo y lo pongo sobre mi memoria para insistir en su realidad, en que todo esto era tangible y un día tuvo el olor a la tinta recién impresa sobre el papel bond de los libros al inicio de cursos: tú creciste en Cadereyta (que está a una hora de la ciudad de Querétaro), pero ibas a la primaria en

El Palmar porque tus papás trabajaban ahí, a unos cuarenta y cinco minutos de la presa de Zimapán. Después, en la prepa, te mudaste a la ciudad de Querétaro, donde ahora vivo con Ana y Oli. No tengo claro en qué momento tú y yo somos la misma persona, si es que eso sucede. No sé tampoco por qué necesito separarnos de esta manera para contarte, como si necesitara hacer distancia, como si necesitara recordar que lo que nos separa es tan grande que no puede borrarse, y que eres tú, y no yo, quien tiene que irse, quien tiene que asumir su posición y morirse en algún punto para que yo pueda sentirme libre. Como si tu mamá no fuera mi mamá, y al fin, no lo es, porque en veinte años nadie puede decir que siga siendo la misma persona, aunque lo intente. Como si fueras tú, Irene, una especie de hija mía que no recuerda nada y a la que le tengo que inventar un pasado.

Busco Zimapán en la computadora y abro veinticinco pestañas que incluyen ese nombre. Lleno con información de la presa el vacío que sentí cuando se me borró todo el día que se congeló la compu. Voy a la primera. Es una nota del 2017 que dice:

Mediante una cooperativa, de la presa se extraen tres punto cinco toneladas de tilapia. Doscientas cincuenta familias viven de este recurso. La mayor parte de la pesca se coloca en el mercado de La Viga, en la Ciudad de México. La pesca comercial fue la que detonó en otros proyectos, como el turismo, pesca deportiva,

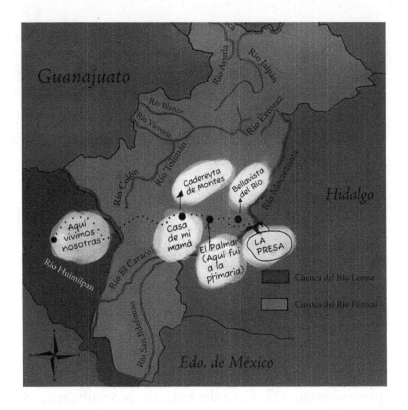

la recreación debido a que se tiene kayak, los paseos en lancha; la isla es un espacio de descanso, relajamiento. De no existir este trabajo, los habitantes de la comunidad tendrían que migrar a las zonas urbanas en busca de empleo: esto permite el arraigo de nuestra gente en sus comunidades.

Me acuerdo de una frase que leí hace poco: «no hay afuera de la naturaleza». Los residuos se intercambian por tilapias: «un camino redondo». En otra pestaña:

A tres horas y media del DF se encuentra el campamento ecoturístico La Isla, un sitio que descansa sobre las aguas de la presa Zimapán, a orillas del poblado de Tzibanzá, en Querétaro. Es un fantástico lugar para alejarte de la rutina diaria y pasar unos días relajado y rodeado de naturaleza. Además, en sus alrededores se encuentra el Pueblo Mágico de Cadereyta de Montes, y un poco más lejos, algunos viñedos de la región.

Los titulares de otras notas anucian: «navega entre paredes de piedra, detente para disfrutar, sé parte de la conservación de la fauna».

Bajo la presa, está el lugar al que mamá llegó a trabajar cuando salió de la Normal: Rancho Nuevo. Una de las pocas fotos que están en el estudio enmarcadas es de ella con sus alumnos. Aunque ya no se acuerda de todos los nombres, reconoce las caras de quienes están ahí. Cuando salió de la secundaria, el abuelo la llevó con el maestro Bartolo, que era amigo suyo, para que los ayudara a inscribirla sin preguntarle. Era la única escuela a la que podía aspirar porque todas las demás le iban a pedir un certificado de prepa que no tenía ni podía tener. Cuando terminó de estudiar, la mandaron a trabajar hasta allá.

Una vez una mamá le regaló una sandía que ella cargó todo el viaje de regreso a casa de sus papás por el fin de semana. Ocho horas contando el tramo a pie, llegar a la central de Cadereyta, luego a la de Querétaro y luego tomar el autobús hasta su propio pueblo.

A la hora de bajar, la sandía se le resbaló y cayó sobre el empedrado, alcanzó a rescatar un pedazo que tu abuelo recuerda como la sandía más dulce que había probado. Eso hace la memoria y el orgullo disimulado de un papá que puede alabar un pedazo de sandía pero no puede hacer nada más que darle una palmadita en la espalda a la hija. Tu mamá estaba teniendo la mejor vida que podía imaginar: un salario chiquito para ella sola y una casa de una recámara detrás de los salones. A ratos se parecía a ser feliz.

La historia de papá es otra: él fue a la Nacional de Maestros y cuando acabó le dijeron que no alcanzaba plaza en la Ciudad de México, así que le dieron a escoger entre Querétaro y Puebla. Él, pensando en que la abuela Eloísa se acababa de mudar a Querétaro, y creyendo que le iban a dar sitio por ahí cerca, no lo dudó demasiado y fue a parar a la comunidad de La Vega, que estaba a unas seis horas de la casa de la abuela. Llegó de corbata y pantalón negro que pronto se ensuciaron de sudor en el camino a pie, y lo dejaron pareciendo predicador de una religión que acababa de inventar. Nadie salió a darle la cálida recepción que imaginaba. Él llegaba lleno de energía a ser el director de la escuela Josefa Ortiz de Domínguez pero cuando la vio pasó de largo pensando que era un preescolar. Cientos de metros más adelante encontró a quién preguntarle dónde estaba la primaria y le señalaron a lo lejos el lugar que había visto hacía rato. Esperó a que dieran las ocho y no llegó nadie. Ansioso, fumó varios cigarros y unos diez minutos antes de las nueve se apareció la maestra Amelia. Se presentó y preguntó por el resto de la planta docente, ella respondió con una carcajada. Profe, somos usted y yo nada más. Y las clases empiezan a las nueve por el frío.

La decepción de ser solo dos se disolvió un poco porque por primera vez le decían «profe» en la vida real. Era el profe nuevo y esa noche tuvo que dormir en una colchoneta sucia y sin sábanas que había sido ocupada por el maestro anterior, y el anterior y el anterior, en la casa del maestro que era un cuartito arriba en el cerro, unos metros más allá de la escuela. Para él, todo era un ritual de paso que implicaba sacrificarse por la patria y llevar el conocimiento y la civilización a unxs niñxs cuyo acento le causaba risa y que no sabían lo que eran los electrodomésticos que veían en los libros de texto porque ahí cerca no se vendían; que tampoco usaban chamarras ni suéteres porque estaban acostumbrados a la temperatura que a él lo hacía temblar. No supo dónde poner todas esas convicciones que le habían enseñado en nombre del futuro y en la noche no se quitó los zapatos para dormir.

Al día siguiente, fue a desayunar huevo con frijoles en casa de doña Agustina y la maestra Amelia. A partir de ese día, haría sus tres comidas ahí a cambio de una pequeña cantidad mensual. Fue el intendente, el secretario de actas del comisariado y el que ayudaba a cortar elotes, zapotes, aguacates o mangos, según la temporada.

Entre La Vega y Rancho Nuevo había otro pueblo: Vista Hermosa. Ahí vivía el profe Juan Manuel, que unos años después sería El Compadre. Él presentó a papá y mamá una vez que lxs invitó al festival de fin de curso. No sé si ellxs se enamoraron pero sí sé que los fines de semana se juntaban lxs tres en Vista Hermosa a tomar cerveza caliente y después papá pudo mover su plaza a Rancho Nuevo. Estuvieron ahí dos años hasta que consiguieron que lxs pasaran juntos a El Palmar. Lxs tres trabajaban ahí cuando empezaron los rumores de la presa que nadie terminaba de creer. El gobierno iba a comprar las casas de los tres pueblos y además les iba a hacer unas nuevas gratis en otro lugar. Rancho Nuevo, Vista Hermosa y La Vega se iban a convertir en un pueblo más grande que los uniera a todos. Para ellxs tres eso era absurdo porque había diferencias irreconciliables entre la gente, se debían algunos muertos y estaban disputándose partes de tierra. No iba a pasar. Lo que sí pasó es que papá y mamá se casaron y el compadre Juan Manuel fue testigo de la boda. Exactamente nueve meses después naciste tú, Irene. Así que, en sentido estricto, el lugar que le dio origen a la familia está ahora a más de trescientos metros bajo el agua, y yo tengo que ir ahí a tomar fotos.

El pueblo que construyeron para reubicar a las familias se llama Bellavista del Río y es tan seco como

Cadereyta. Si antes tenían un valle fértil en el que había sandías, mangos y un río para bañarse, lo que les dieron fue un lugar árido con tres plazas, tres iglesias distintas, una casa de la cultura, dos canchas y un lienzo charro. Los nombres de las calles siguen marcando las diferencias entre lo que alguna vez fueron pueblos distintos. En una sección hay nombres de ciudades del mundo: Londres, Varsovia, Nueva York. En otra, flores; Dalias, Margaritas, Rosas. En la tercera aparecen nombres de héroes nacionales: Miguel Hidalgo, Morelos, Ezequiel Montes.

Entre las fotos que me robé hay una de cuando fuiste al concurso del Himno Nacional, el día que conociste Bellavista. Aunque todo era casi nuevo, no relucía con el color de lo recién estrenado. Traes unos guantes blancos que podrían ser de payasita, de primera comunión o de integrante de un coro de niñas de tercero a sexto año, como era el caso. Les costó mucho conseguirlos porque se acabaron en la mercería y por eso traes unos que te quedan grandes, eran los últimos. Tus dedos parecen los dedos de salchicha en uno de los metaversos de *Everything Everywhere All at Once*. En la foto, Aurora, Fabi y tú se abrazan y traes puestos los lentes oscuros de papá. Lo que conozco de Bellavista es sobre todo por lo que Aurora te contaba y porque cada que había reuniones de maestros, las tres se iban a jugar en las canchas.

Me gustaría pasar por ahí antes o después de visitar la presa, pero mamá dice que no porque implica desviarse una media hora. Yo tampoco le insisto. A veces no es necesario ver las cosas con nuevos ojos para saber que siguen igual y que, si cambiaron, no ha sido para bien.

Esa primera madrugada, cuando dormimos juntas, me di cuenta de que algo no podría volver a ser igual. En la cocina quedan los restos de la fiesta de anoche y Ana bebe café con su novio. Pone a hervir agua y me ofrece una taza; me sonríe buscando detalles de lo que pasó con Camila. Le cuento poco porque por ahora quiero sentir sin el ruido que harían las palabras intentando explicar. Quiero pedirle su número a Niv y para distraerme sigo leyendo:

> Como el gobierno mexicano pidió dinero prestado para la construcción de la presa, el Banco Mundial con sede en Washington entró en escena en 1987, se elaboraron entonces los primeros reportes sobre los pueblos afectados.

—Se ve medio sangrona, pero me dio buena vibra —dice Ana.

El grupo de la Comisión Federal de Electricidad (CFE) se presentó por el pueblo como el Ingeniero «X» o como la licenciada «Y», lo que hizo que los habitantes se sintieran incómodos y que se produjera una distancia jerárquica entre todos ellos y el personal de la CFE. Siempre hay que prestar especial atención a la forma de entrar en una casa o en un pueblo, porque la primera impresión casi nunca se olvida.

—Siento que tú también le gustaste. No nada más de dormir juntas, quiero decir. Siento que le gustaste en serio, ¿ella te gustó a ti?

A mediados de 1989, los lugareños se organizaron a sí mismos políticamente. Durante los primeros seis meses de reuniones y asambleas, la mayoría de los participantes fueron mujeres.

Tú, Irene, no habías nacido cuando todo comenzó. Esta historia tiene exactamente tu edad, tiene exactamente tus dimensiones, y tiene también el mismo origen: algo que alguien pensó que iba a estar bien y no lo estuvo. Ana sugiere que salgamos alguna vez lxs cuatro, yo le digo que cómo se le ocurre, tan pronto, y que además su novio es un impresentable. Ella lo sabe, pero le sirve para entretenerse; además, se lleva superbién, así me dice, «superbién», con sus papás y su suegra la adora, es un encanto. Ana, pero andas con su hijo, no con ella. «O sea, ya sé, pero me cae superbién. A veces hasta mejor que él».

A finales del año, los hombres empezaron a involucrarse más y más, y a principios de 1990 el comité proindemnización reforzó sus posiciones y comenzó a cooperar con la CFE.

Aunque al iniciarse las asambleas la mayoría de sus participantes eran mujeres, y más aún, mujeres consideradas jefas de familia, ninguna mujer se incorporó finalmente como representante en los comités mencionados.

—¿Y a qué se dedica Camila, eh? Me dijo Niv que lleva dos semanas viviendo con él. Le voy a preguntar qué piensa él. Algo debe de saber ya si viven juntxs. ¿Se irá a quedar mucho tiempo? No te vayas a enamorar como pendeja, eh. O sea, si quieres enamorarte, vas, pero no te apendejes mucho, porque si se va te vas a quedar llorando. En realidad, más bien te diría que lo que sea que hagas lo hagas pensando en que se va a ir, no tiene cara de querer quedarse aquí. ¿Por qué alguien se querría quedar, si nosotrxs queremos irnos?

Los lugareños organizaron un bloqueo de los lugares de construcción y de los campos de la CFE. Las razones de este bloqueo parecieron muy variadas y ambivalentes; cada una de las partes tenía opiniones opuestas sobre el asunto. Al final del verano, la situación se volvía más tensa y, en septiembre de 1992, llegaron los militares que mandó traer la CFE con el objeto de prevenir la violencia.

—Ana, ¿tú sabías eso de los militares en la presa?

—No tenía idea.

Le leo en voz alta:

Comenzaron a circular numerosos rumores acerca de una dama vestida de blanco, que no era de este mundo. Ella se les apareció varias veces a los trabajadores que construían el camino. Las máquinas se detenían y descomponían sin razón. Era imposible continuar en esas condiciones. La visión era como una pared y decía repetidamente: «Váyanse. No tienen nada que hacer aquí. Todos ellos son mis hijos».

—¿Sabías que espantaban?

—¿Que espantaban dónde?

—Pues en la presa. Espantaban.

Más tarde, los trabajadores vieron una gallina con sus pollitos y en el momento en que se acercaron para ahuyentarla, desapareció disolviéndose en la nada, frente a sus ojos asombrados.

—¿En serio espantaban? O en una de esas te vas con ella y te voy a visitar, ¿no te gustaría? Es que siento que como que con las morras fluyes más, ¿no? De todos los batos que te he conocido no he visto que con ninguno te vaya tan bien. Sí, yo sé que solo la has visto una noche, pero estoy segura de que se van a escribir. Es cosa de tiempo para que ella te busque, pero como no te vas a aguantar, sé que la vas a buscar tú.

Y a mediados de octubre de 1992, hubo un accidente en el túnel cerca de la cortina y varios trabajadores resultaron heridos o muertos. La versión oficial de la CFE mencionaba que nueve personas se hirieron, pero que ninguna murió. En cambio, los rumores del pueblo insistieron en que varios trabajadores habían muerto y quedado atrapados en el túnel del accidente.

—¿Alguna vez cuando eras niña pensaste que podían gustarte las mujeres? ¿Que querías darle un beso a tu mejor amiga? A mí me pasó varias veces pero la verdad pensé que era normal, hasta que se lo conté a mi mamá, porque me dijo que no se me ocurriera repetirlo y me dio miedo.

Sin tomar en cuenta el impacto ambiental del proyecto, la vida de 38 100 personas resultará afectada por el Proyecto Hidroeléctrico.

—¿De qué año es ese artículo que me estás leyendo, Irene?
—Oye, ¿será que me puedes empezar a decir I en vez de Irene?
—Va. Me gusta más, como más enigmático.

Casi todo el grupo de trabajadores sociales de la CFE se hallaba comprometido en las entrevistas del censo, que entre otras cosas, plantea preguntas sobre el número de miembros de la familia, su edad, su religión, el tipo de construcción de la casa y hasta cuántas ollas y sartenes hay en la cocina. Esta información se diseñó para la planeación del número de cajas y camiones necesarios para trasladar a cada familia. El censo continuará hasta noviembre de 1992.

—O sea, lo escribió en el noventa y dos, pero no sé bien en qué año lo publicó, la fecha no aparece aquí.

—Siento que ya te habías tardado en encontrar a alguien de quien encularte. Desde tu novio ese que lo único que hacía era pintarse desnudo en cuadros de gran formato y que tú decías que era el amor de tu vida, no te había visto tan contenta.

Abajo, en las riberas de los ríos, hay miles de árboles frutales de todo tipo; hay aguacate, mango, nueces, lima, guayaba, papaya, limón, higo, duraznos, zapote amarillo, naranjas, café y plátanos. La tierra es muy fértil y permite de dos a tres cosechas anuales de maíz, jitomate, frijol, camote y calabaza. Aparte de la producción de alimentos, los pequeños pueblos también surten palma a los mercados locales de artesanía, para la producción de sombreros de sol.

—Eso me contó mi mamá: que había árboles de todo.

Las casas en los pueblos son muy diferentes unas de otras y abunda toda clase de estilos y preferencias. Algunas están hechas totalmente de materiales de la región (*pabellón*, carrizo y *tixtha*). Otras, son casas rectangulares de ladrillo, con techos planos y ventanas pequeñas. Las hay que tienen sus cocinas por separado, aunque todas poseen un *patio-enramada*, frecuentemente cubierto de plantas verdes y flores. Este es el lugar para recibir a los invitados.

—¿Y a dónde quieres invitarla?

El consumo de toda clase de bienes aumentó cuando se pagó a los habitantes la primera parte de la indemnización en 1990. Por ejemplo, en Rancho Nuevo el número de camionetas pick-up en 1988 era entre quince y veinte, de las cuales ocho eran del mismo dueño. Ahora, hay varios cientos de camionetas y carros en los tres pueblos. También abrieron muchos negocios en 1990, y entre ellos, uno de renta de videos. La distancia física entre los pueblos es de alrededor de tres kilómetros, pero la distancia cultural parece mucho mayor. Rancho Nuevo es el poblado que se fundó más recientemente, junto con el ejido de Vista Hermosa, en 1937 (CFE, 1992:9). Sin embargo, cuatro o cinco casas han estado ahí desde hace por lo menos cien años. El lugar era conocido antes como el Infiernillo.

—El Infiernillo, ¿de dónde saldrá ese nombre?

Como si me leyera el pensamiento, Ana pregunta:

—¿Por qué no le pides su número a Niv?

—¿Pero qué le digo?

Ha habido otras sugerencias para solucionar el problema de la tierra. El excomisariado ejidal Galdino propuso hace algún tiempo bombear agua de la presa hasta la Mesa. La CFE contestó con una investigación de la calidad de la tierra, que realizaron investigadores de diferentes universidades. La investigación mostró que la calidad de la tierra era muy pobre para semejante empresa.

La autora del artículo dice que a Galdino lo mataron en julio de 1992. No encuentro más información sobre él, no he encontrado ni su apellido. Ni mi mamá, ni el compadre Juan Manuel, ni mi papá, ni nada de lo que he investigado estos años me da más datos. Hago una pausa. Ana se acuesta en el sillón y baja los ojos. Me levanto a preparar café.

Cuando vuelvo con dos panes dulces y dos tazas, Ana está viendo su celular.

—Ana, ¿y si me dice que no?

Me responde que le doy ternurita, que le escriba y probemos.

Mamá está en el momento en que su limpieza hace que todo esté más desordenado que nunca. La inundación es secundaria. Aunque logró contener la fuga, el plomero sigue sin venir y no podemos usar el baño de abajo. Hace una semana de la catástrofe doméstica y quitar el lodo pronto se convierte en un reordenamiento profundo. Saca las copas que usaron una vez en Año Nuevo para lavarlas y luego limpiarlas con toallas desechables. A los tuppers que todavía están en sus empaques les pasa un trapito húmedo para quitarles el polvo. Descolgamos la ropa y ponemos en una pila las prendas para desechar, esas que esperaban el siguiente invierno, las vacaciones, un cuerpo que subiera o bajara los kilos necesarios, o que tú crecieras para ajustarte a la ropa. Desnudamos los colchones y las sábanas se secan al sol mientras las telas floreadas enseñan sus marcas de humedad y olor a mucho tiempo. Mamá odia las baratijas y las lanza al bote como una basquetbolista profesional de la fayuca y los adornitos

Made in China. Esta limpieza quizá le sirve para deshacerse de todo lo que no llegó a ser, de todo lo que querían y que cuando tuvieron no resultó como imaginaban. A lo mejor por eso se tardó tantos años en empezar.

No puede parar. Va de una habitación a otra y no termina de ordenar ninguna. Saca los objetos de un cajón para ponerlos meticulosamente clasificados en otro. La certeza de que no podré encontrar nada nunca es una forma distinta de perder lo que yo quisiera conservar. «The art of losing isn't hard to master», dice Elizabeth Bishop. Cada que leo ese poema me acuerdo de ti, Irene. Todo lo que a mí me parecería un hallazgo (llaveros con alguna publicidad de partido político, calendarios viejos, recuerditos de bodas o bautizos, varios CD con MP3 que compraba los domingos en el tianguis) para ella es basura de la que hay que deshacerse. Todo lo que para mí es basura, como los dibujos que hacías en el kínder o las figuras de barro sin hornear que fabricabas en serie a los cinco años (honguitos, animales de cabezas diminutas, platos y tazas que ya perdieron el asa) son un tesoro que elige poner en los sitios más visibles. ¿Qué quisiera haberte dado mamá, Irene, que intenta recuperar ahora guardando los recuerdos de cuando eras niña como una época que quiere imaginarse feliz? ¿Qué le dicen a ella esos objetos que ya no me dicen nada a mí?

Se hace de noche y justo antes de apagar la luz escucho un derrumbe arriba de mi cuarto, algo grande se cae seguido de otros golpes de objetos más pequeños. Subo corriendo las escaleras. Arriba, mamá está casi sepultada bajo maderas rotas y pilas de libros. No puede levantarse pero sé que no me va a pedir ayuda. Me habla con una voz segura, que no tiembla, y se queda sin voltear a verme. Ya es tarde, vete a dormir. Pienso que puedo hacerle caso y dejar que lo solucione sola. No sé cuántos años insistí, e insististe tú, para deshacernos de ese librero, siempre a punto de venirse abajo.

En uno de los estantes más altos estaba el álbum de fotografías que papá tomó en La Vega pero no me atrevo a hurgar. Mamá se enfada cada que aparece algo que él olvidó o que no ha querido llevarse después de tanto tiempo. Ahora que está sepultada bajo todo eso, más.

Quiero levantar el librero y ella no me deja. Se quita uno por uno los libros y con las rodillas intenta empujar los restos del mueble para poder salir. Entre la pila de cuadernos y documentos alcanzo a ver los fragmentos de la estrella de cristal que le dieron a papá por sus diez años de servicio y que tú usaste para jugar y rompiste, igual que la campesina de porcelana, la réplica de yeso de la pirámide del sol y la lapicera en forma de bota que le regaló un exalumno. Todos, como cadáveres, fueron a parar a la última fila de ese mueble. Nadie los extrañó, nadie notó su ausencia. Ahora son la constancia de tus manos torpes y tu miedo a ser descubierta, una sensación que tuviste muchos años y viene a mí cuando estoy sola muchas horas. Los objetos rotos te recuerdan que casi todo se deshacía cuando intentabas asirlo. Ahora es demasiado tarde para que alguien te explique que esa es la naturaleza de los accidentes y no tenía nada que ver con lo cuidadosa que tú fueras. Ni viendo a mamá sepultada entiendo la desconexión causal.

Levanto las maderas más pesadas y la ayudo a levantarse. Apenas lo hace, se sacude el polvo y se acomoda la ropa. «Yo también le insistía a tu papá —me dice—, se tenía que ir desde hace mucho, no sé por qué no lo saqué antes». Sé que no está hablando del librero, quiere expulsar de la casa todo lo que alguna vez le perteneció a él; por eso actúa con tanta ansia. Dormir le parece una actividad postergable y yo entiendo que no me voy a poder ir. Después de sacar maderas viejas y apilar libros, para descansar a gusto, abro otra pestaña:

Aguas contaminadas bacteriológicamente con virus, hongos y otro tipo de flora y fauna patógena, además de metales pesados como cadmio, plomo, mercurio y cobre, surten a la presa hidroeléctrica de Zimapán, poniendo en riesgo la salud de quienes consumen o entran en contacto con ellas.

Debimos haber hecho todo esto por zonas, no dividirnos. Si hubiéramos empezado por el estudio y luego pasáramos a mi cuarto no tendríamos este desorden que no nos deja ni entrar a la cocina. A lo mejor podríamos quedarnos un rato viendo la pared desnuda para tomar fuerzas. Cada metro de la casa es un caos que yo tengo que esquivar porque siento que la vida está allá afuera y desde donde estoy no puedo verla.

Esos caudales de aguas residuales urbanas a la presa muy probablemente han infiltrado los manantiales cercanos, como el de La Ortiga y El Infiernillo.

Abajo de las escaleras está una de las zonas más difíciles: herramientas, instrumentos musicales que nadie aprendió a tocar, casetes, sillas plegables.

No obstante, se consumen los peces que ahí se reproducen, se practican deportes acuáticos.

Hacemos pausas muy cortas para comer y la medianoche nos sorprende sobre una pila de ropa. Somos reinas de un imperio de telas desteñidas. Jamás pensamos que los objetos eran tantos, mal puestos en algún lugar casi no se notaban. Ahora son una cordillera de desechos a los que solo el afecto salva de ser basura.

Los científicos advierten sobre el riesgo que se corre en caso de consumir, de manera prolongada, los peces que se reproducen en el lugar. Esta especie de peces acumula metales como cadmio, plomo, mercurio y cobre en músculos y en vísceras. La tilapia puede adquirir flora y fauna patógena que está en agua cloacal, convirtiéndose de esta manera en un foco de infección. Consumos prolongados de alimentos con cadmio afectan la estructura ósea. Advierten de igual manera del consumo de alimentos con plomo que pueden causar anemia y disturbios neurológicos. Mientras que el consumo de pescado contaminado por mercurio afecta el sistema nervioso central.

Ustedes llegaron aquí en 1993 y tuvieron metros para amueblar. La ventana de la habitación de tus papás daba al campo abierto y de madrugada la golpeaba el amante de la vecina, confundido por la regularidad de las casas. Cada ampliación fue una manera de hacer suya la casa aunque ellxs no hubieran terminado de pagarla. Si lo digo ahora, casa nuestra me suena ajeno.

Es la casa de mi mamá. Mi mamá es esta casa. En esta casa vives tú, Irene, como un fantasma que no se va y solo existe para mí.

El costo aproximado de la obra fue de dos mil millones de los entonces nuevos pesos. Fueron afectadas 2290 hectáreas. La construcción estuvo financiada por el Banco Mundial. Se vieron afectados siete municipios, doce ejidos, siete pequeñas propiedades, infraestructura productiva, vivienda, superficie de cultivo y agostadero. La obra se inició en 1989 y concluyó en 1995.

El día que naciste, faltaban tres años y once días para que se publicara un decreto en el *Diario Oficial de la Federación* que removía tres ceros al peso y daba lugar a los Nuevos Pesos; dos años y trescientos cincuenta y nueve días para que Carlos Salinas de Gortari, en nombre de México, firmara el Tratado de Libre Comercio con América del Norte; ciento cuarenta y ocho días para que la homosexualidad dejara de ser considerada una enfermedad según la OMS. En Alemania estaban inventando la vida después del muro. Estados Unidos invadía Panamá. Más cerca, el pueblo en el que tus papás se conocieron estaba comenzando a quedar bajo el agua. Mucho más cerca, les tomaban la primera foto familiar: papá rollizo y rojo, mamá con el fleco recién rizado con tubos, tú en medio, un bulto amarillento y asustado, con el árbol de navidad detrás. Ese árbol aparece en las fotografías hasta 1999 y en una foto estás enredada con la escarcha roja; ese fue también el año en que viste por primera vez la presa llena y conociste Bellavista del Río. Una periodista lo pinta así en el siguiente artículo que leo:

> El proyecto contaba con parque, juegos infantiles, asadores para convivencia familiar y además la construcción de dos templos —uno católico y otro protestante— para complacer a los creyentes del semidesierto queretano. Otra de las características de este pueblo es que tendría un gran auditorio para eventos, situación que obviamente no formaba parte del entorno anterior, en donde la modernidad y los servicios básicos eran muy difíciles o prácticamente imposibles de obtener.

Las tías, mamá y la abuela se quedaron en casa para recibirlxs con la comida lista. Tú te subiste al carro sin preguntar si podías ir y nadie insistió en bajarte, siempre querías estar en otro sitio y a todas en la casa les parecía mejor eso a que te quedaras con ellas, diciendo lo mucho que te aburrías o pidiendo que alguien jugara cartas contigo.

Hay un video de aquel día, se escucha primero el viento golpeando sobre la cámara, después algunas voces de sorpresa: tu abuelo, el tío que alguna cosa pregunta y tu papá, sosteniendo la cámara, responde breve como si quisiera que su voz no apareciera. Tanta y tamaña agua.

Es de suponerse que cualquiera que viviera en una casa con techo de lámina de asbesto, de rama o carrizos y se le ofreciera una alternativa tan llamativa a cambio de su propiedad estaría feliz y obviamente dispuesto a realizar ese cambio, porque, al final, todos saldrían beneficiados, los propietarios de los terrenos, ya que serían más que recompensados con una vivienda digna y un entorno social más próspero para ellos y sus hijos, los habitantes de las zonas aledañas, los inversionistas, la población en general, debido a la energía eléctrica que sería producida y los empleados que laborarían en la construcción y el mantenimiento de la misma.

Entonces se aleja varios metros para tener mejor perspectiva de la familia, aparecen diminutos entre un chingo de agua café que se mantiene casi quieta, apenas una membrana genera pequeñas olas con el viento, como un té al que se le sopla lento desde la orilla de la taza. ¿Quién sopla y para qué?

Me gustaría que ese video se tratara solo de una salida con tu abuelo el fin de semana, pero ahora veo cosas que entonces no estaban a tu alcance. Estabas viendo el despojo y no podías nombrarlo, lo estabas viendo y lo admirabas como un prodigio que hacía florecer en ustedes una certeza: algo podía mejorar.

Increíble pero cierto, a pesar de la propuesta tan tentadora hacia la comunidad, esta rechazó salirse de esa zona, la cual se inundaría si la construcción de la presa se llevaba a cabo. Al final y después de un difícil y largo acuerdo las familias accedieron a mudarse.

Inició la construcción: pese a los chantajes por parte de espontáneos líderes sociales que quisieron aprovechar la situación para enriquecerse —y más de uno lo consiguió— las familias desalojaron las comunidades que en breve serían inundadas con las aguas de los ríos Tula y Moctezuma reubicándose en las viviendas que la CFE les construyó o bien, con el dinero que les dieron a cambio de sus propiedades optaron por emigrar a otras poblaciones con sus familiares, o de plano, muchos de ellos se fueron a la Unión Americana a probar suerte.

Esto escribe Heidy Wagner, hija de la expresidenta municipal Mercedes Laclette de Wagner. Hace cinco generaciones, su familia creó un invernadero que, dicen, tiene la colección privada de cactáceas más grande del mundo. En mi pueblo nos gustan los récords y a mi mamá le encanta presumir este cada que alguien viene de visita.

Durante varios años, nuestro teléfono fue 6 01 71. Una de tus poquísimas tareas en casa era contestar cada que sonara. Una vez llamó una señora que te gritó que por qué respondías «bueno», que si no te había enseñado muchas veces a contestar como se debía.

—¿Quién habla?

—¿Encima me preguntas quién habla, estúpida insolente? No te hagas pendeja.

—¿Pero con quién quiere hablar?

—¿Con quién voy a querer hablar si estoy marcando aquí, tarada? Pásame al señor.

—¿Al señor?

—No quieras ponerte de graciosita, escuincla. Te vamos a correr.

—¿A correr de dónde? ¿Le paso a mi mamá?

—¿A dónde estoy hablando?

—¿A dónde quiere hablar?

—¿No es el invernadero?

—No.

Y colgó la entonces señora presidenta municipal. El teléfono del invernadero donde buscaba al señor era 6 10 71. La entiendes, tú también te confundías a veces porque tienes dislexia numérica, por esa misma razón reprobaste varias veces los exámenes de matemáticas, no porque fueras tonta, aunque te hayan hecho pensar lo contrario tanto tiempo. Pero ya ese teléfono de la casa está cancelado porque mamá solo usa el celular. Y eso por decir algo, porque ya sabemos que las mamás nunca contestan cuando les llamas.

En ese momento casi nadie iba a la presa, el camino era largo, empedrado y al llegar ahí no había nada más que hacer que ver el agua. Después mejoraron un tramo de la carretera y, aunque otra parte del trayecto sigue siendo complicada, ahora hay todo un despliegue turístico. Mucha gente va a pescar, a pasar el fin de semana en una cabaña, a comer mojarras frescas en los restaurantes. Mi serie de fotografías tiene que retratar la calma y la felicidad que ahí encuentran, ¿podrías decirme lo que tú sentías cuando iban a pasear a la presa, Irene? Increíble pero cierto.

Doy vuelta al álbum y voy a otra foto. Esa vez hicieron tortillas de colores: verdes, rosas, azules, con los bordes imperfectos y el grosor exacto para que no se partieran ni se sintieran masudas en la boca, apiladas en papel aluminio sobre las mesas con manteles blanquísimos en el auditorio frente a la escuela donde se hacían las clausuras y festejos como este. Aurora ese día fue a Cade a comprar zapatos, así que no está. Fabi fue con sus abuelxs. Es el bautizo de Brandon, el hermano de Uriel. Tus papás lo apadrinan y para el bolo de la fiesta reúnen todas las monedas de dos pesos que les llegan. En estos años, con dos pesos se puede comprar un frutsi, una paleta de tarrito y unos churros. Dos pesos son lo que te dan todos los días para gastar. En la bolsa que carga tu papá hay unas ochenta monedas y no se te ocurre tomar una sola. Piensas que portarte bien va a traer una recompensa, que si te portas bien nadie se va a dar cuenta de eso que no quieres que nadie sepa y que ni siquiera tú estás dispuesta a confesarte a ti misma. Eres torpe, te sientas con las piernas abiertas, quieres subirte a los árboles y no te dejan, quieres jugar también con los niños y no solo con tus amigas. Quieres echarte a correr, y no puedes. Que te sientes, que te quedes quieta, que las niñas no andan por ahí nada más. Insistes.

Tienes un vestido azul de holanes, un moño enorme en la cabeza, tobilleras con encaje y zapatos blancos que en cuanto llegas se llenan de polvo. Mónica también está ahí porque es prima del festejado.

Te acercas, al final te dan permiso porque todxs lxs niñxs son conocidxs, tu papá o tu mamá les dan clases. Son unxs quince. Mónica carga a su hermanita que ha de tener como un año. Los niños se ponen en posición de equipo de futbol y ustedes encuentran huequitos para acomodarse y alcanzar a sonreír a la cámara. Tu papá toma la foto antes de que sirvan el menudo y el consomé de chivo, Mónica voltea a verte y se ríe por tu vestido de niña boba. Tú no le dices nada pero envidias que ella traiga pantalón de mezclilla y una playera de los Animaniacs, ella va a correr cómoda mientras tú te vas a tropezar con las cintas del pinche vestido. Tus papás se sientan a comer y ustedes se van, ella te empuja jugando, no alcanzas a medir y te estampas contra las piedras de la entrada. Tienes la nariz sangrando pero no quieres llorar, una gota roja te cae sobre la ropa. Se acerca Lucio y te levanta, parece que quiere ayudarte. Apenas estás parada te toma de la mano y te lleva con él hacia afuera del auditorio. No hay nadie más. Los siguen los otros niños unos metros atrás. Mónica se queda en la esquina, callada, no entiendes por qué no viene. Alguien te cubre con un suéter los ojos y sientes unos dedos arenosos que bajan de tus cachetes al lugar todavía plano de los pechos. Hay algo húmedo en tu cuello.

Unas manos te abren las nalgas y otras se meten en tu vulva. No sabes quién es ni sabes bien qué pasa pero no te gusta, sientes asco. Quieres gritar y no puedes. Te retuerces intentando que no logren entrar. Después de unos minutos, nada. Se van corriendo. Desde la esquina, uno de ellos, que no alcanzas a distinguir por la voz, te grita que a ver si así tu papá deja de reprobarlo. Tardas un rato en abrir los ojos, el sol te da directo en la cara. Te levantas y caminas de vuelta a la mesa. No ha pasado nada. El plato que te espera está frío y ya se llevaron los limones. Te pones a llorar y tu mamá te regaña: eres una caprichosa, eso te pasa por no comer a tiempo. Pregunta dónde te metiste, por qué tienes sangre en la ropa y cómo te llenaste de tierra. Te da servilletas para limpiarte la cara.

Siempre es lo mismo, no puedes durar limpia ni media hora.

Ese día no comes pastel.

Mover esa tacita altera el juego de relaciones de toda la casa, de cada objeto con otro, de cada momento de su alma con el alma entera de la casa y su habitante. Y yo no puedo acercar los dedos a un libro, ceñir apenas el cono de luz de una lámpara, destapar la caja de música, sin que un sentimiento de ultraje y desafío me pase por los ojos como una bandada de zopilotes.

Todo parece tan natural, como siempre que no se sabe la verdad. Pero no escribo por eso, esta carta te la envío, Irene, a causa de los sapitos, me parece justo enterarte; y porque me gusta escribir cartas, y tal vez porque llueve.

Justo entre la puerta de la calle y la puerta de la entrada sentí que iba a vomitar un sapo. Nunca te lo había explicado antes, no creas que por deslealtad, pero naturalmente una no va a ponerse a explicarle a nadie, menos a una misma, que de cuando en cuando vomita un sapo. Como siempre me ha sucedido estando a solas, guardaba el hecho igual que se guardan tantas constancias de lo que acaece (o hace uno acaecer) en la privacía total. No me lo reproches, Irene, no me lo reproches. De cuando en cuando me ocurre vomitar un sapo. No es razón para no vivir en cualquier casa, no es razón para que una tenga que avergonzarse y estar aislada y andar callándose.

Cuando siento que voy a vomitar un sapo me pongo dos dedos en la boca como una pinza abierta, y espero a sentir en la garganta la piel verrugosa que sube como una efervescencia de sal de frutas. Saco los dedos de la boca, y en ellos traigo sujeto por las ancas a un sapo café o verde. Me lo pongo en la palma de la mano, moviéndolo con esa tribulación silenciosa y cosquilleante del saco vocal de un sapo contra la piel de una mano. Busca de comer y entonces yo lo saco conmigo al patio y lo pongo en la gran maceta donde crece el trébol que a propósito hemos sembrado. Yo tenía perfectamente resuelto el problema de los sapos. Sembraba tréboles, vomitaba un sapo, lo ponía en el trébol y al cabo de un mes, cuando sospechaba que de un momento a otro... entonces llevaba el sapo a Las Fuentes y ahí lo dejaba. Ya en otra maceta venía creciendo un trébol tierno y propicio, yo aguardaba sin preocupación la mañana en que la cosquilla de las verrugas subiendo me cerraba la garganta, y el nuevo sapo repetía desde esa hora la vida y las costumbres del anterior. Las costumbres, Irene, son formas concretas del ritmo, son la cuota del ritmo que nos ayuda a vivir. No era tan terrible vomitar sapos una vez que se había entrado en el ciclo invariable, en el método.

Me decidí, con todo, a matar al sapo apenas naciera. Al cruzar el pasillo el sapo se movía en mi mano abierta. Mamá esperaba en la otra recámara que le ayudara a seguir ordenando. ¿Cómo explicarle que un capricho, una tienda de animales? Envolví el sapo en una servilleta bordada. Apenas se movía. Su menuda conciencia debía estarle revelando hechos importantes: que la vida es un movimiento hacia arriba con un clic final, y que es también un cielo alto, gris, envolvente y oliendo a agua podrida, en el fondo de un pozo.

Comprendí que no podía matarlo. Pero esa misma noche vomité un sapo con protuberancias rojas. Y dos días después, uno café. Y a la cuarta noche, uno gris.

De día duermen. Hay diez. De día duermen. Con la puerta cerrada, el clóset es una noche diurna solamente para ellos, allí duermen su noche. Su día principia a esa hora que sigue a la cena, cuando empiezan a cantar un canto que me parece todo menos tranquilizante, que hace cualquier noche una noche inquieta, con algo a punto de suceder, conmigo volviendo a tener el miedo que tú sentías ante cosas que no podías explicar.

Los dejo salir, lanzarse saltando a la sala. Se enciman unos sobre otros hasta que alcanzan la chapa y salen. Comen bien, buscan insectos entre los geranios y los rosales de mamá. Escucho solamente desde la cama, con el celular en la mano, y ellos comen. Son diez. Hago lo que puedo para que no destrocen la casa, para que no la empeoren luego de la inundación. A las cinco de la mañana los pongo de vuelta en el clóset. Por eso mamá encuentra todo bien aunque a veces le he visto algún asombro contenido, un quedarse mirando un objeto, una leve decoloración en la colcha y de nuevo el deseo de preguntarme algo, pero yo: *scrolleando*.

He querido en vano sacar la baba que estropea la alfombra, alisar el borde de la tela sucia, encerrarlos de nuevo en el clóset, sacarlos al jardín para que ellos se entierren. El día sube, tal vez mamá se levante pronto. Es casi extraño que no me importe verlos brincar en busca de insectos. Pero me aterra escucharlos croar a destiempo. No tuve tanta culpa. Tú lo verías: diez estaba bien, con un clóset, trébol y esperanza, cuántas cosas pueden construirse. No ya con once, porque decir once es seguramente doce, Irene, doce que serán trece. Entonces está el amanecer y una fría soledad en la que caben la alegría, los recuerdos, tú y acaso tantos más.

Tu papá te contaba de sus días en La Vega con la nostalgia de alguien que creció en la ciudad y luego vive un tiempo en el campo: una nostalgia falsa e idealizada que se olvida de todo lo difícil que puede ser cultivar la tierra, dar de beber a los animales en sequía o cuidar los sembradíos del granizo. Nostalgia de poder alcanzar mangos estirando el brazo.

Cuando iban a reubicar Rancho Nuevo, él vio cómo a las familias les daban mucho dinero en efectivo en bolsas de mandado. Un fajo encima del otro que sacaban del banco de Cadereyta, que era el que les quedaba más cerca. Dicen que algunos cajeros se quedaban una parte en la ventanilla muy discretamente, y después los choferes de los taxis que los regresaban a sus pueblos cobraban los viajes más caros que nunca. «Cóbrese», decían los señores, y los taxistas tomaban millones y millones de pesos por un viaje que no podía haber costado tanto.

Apenas se mudaron a Bellavista, algunos hombres

iniciaron una competencia por ver quién tenía la mejor camioneta, la más grande, la más vistosa, la más lujosa. Las casas pronto dejaron de ser el sueño de simetría de los arquitectos que las diseñaron. En medio del semidesierto eran una desesperanza hecha de cemento que rompía cualquier paisaje. Las primeras modificaciones hicieron aparecer rejas y bardas. Antes de eso, por las ventanas se escapaban sonidos y olores comunes para la zona pero inusitadas para la promesa de porvenir con la que alguien en alguna oficina soñó en algún momento: maullidos, aceite caliente, metates y manos rompiendo la membrana del maíz, música grupera, todo eso que ellos no podían imaginarse porque no conocían.

En la construcción de Bellavista a los arquitectos se les olvidó que la mayoría de las familias vivía de la engorda de puercos, chivos y reses. Ninguna casa tenía corral y sí, en cambio, una cocina integral y una chimenea. La modernidad se los tragó de inmediato y echaron mano de lo que disponían: las recámaras de las plantas bajas comenzaron a funcionar como criaderos. Ningún techo gris les iba a quitar el sol. Separados por puertas y muros delgados, la convivencia con los no-humanos se volvió más cercana que nunca. Por las ventanas se asomaban caras animales que veían pasar a la gente como haciendo reproches mientras masticaban alfalfa. No había manera de sostener la mirada ante esas criaturas cada vez más domésticas y más tristes. Cuando Aurora y tú jugaban entre las casas, les gustaba acercarse y ofrecerles ramitas para comer hasta que las lenguas calientes y rasposas les hicieran cosquillas en las manos.

Mamá va y viene de una habitación a otra, cambia las cosas de lugar, protege algunos objetos de la luz, se deshace de lo que se decoloró con el tiempo. En un estante deja una esfera de cristal que adentro tiene una rosa de tela que se abre, se cierra y se ilumina una vez que le das cuerda y empieza a sonar *Para Elisa*. Fue uno de los primeros regalos de diez de mayo que le compraste con los domingos que te daba el abuelo. No hay que ser demasiado perspicaz para darse cuenta de que a tu familia le gustaban los artefactos de cuerda y su movimiento: acciones que necesitan esfuerzos simples para provocar un poquito de alegría. Por ejemplo, el objeto más viejo que tengo aquí es el payaso de cuerda que te regaló la abuela Eloísa cuando cumpliste cuatro años.

Pero todos los mecanismos se traban con el tiempo, con el polvo o con el desuso.

De ese payaso miro su traje amarillo y rosa fosforescente, el hilo del que pendía un cascabel y ahora es un recordatorio de esa falta, y una mancha de líquido en una sección de la cabeza. Pesa poco, pero en el recuerdo es mucho más denso, cargado de cosas que pasaron esos años. Intento recordar qué música salía de él, igual no importa. No quiero ir a buscarlo, darle cuerda y descubrir que me acuerdo mal. No lo soltabas, ibas con él a todos lados y un día, en un chiste que a él le causó mucha gracia pero tú no entendiste, papá dijo que lo iban a llamar Error de Diciembre. Lo pusiste al lado de tu cama. Nunca dormiste con él porque te daba miedo romperlo. Error de Diciembre estuvo a tu lado cada noche todo ese año. Su nombre se hizo famoso y lo empezaste a escuchar en las noticias. Mucho tiempo pensaste que se trataba de un regalo en conmemoración de haber sido niña no deseada (que, ahora puedo confirmarte, tu sospecha era cierta), que por eso papá lo llamaba así; después entendiste que el Error de Diciembre había ocasionado la crisis del 95, el año en que todo se fue al carajo. Tu mamá perdió gran parte de sus ahorros en la caja popular, y si pudo recuperar un poco fue porque tu abuelo le había pedido prestado para comprar un taxi unas semanas antes, así que se lo fue devolviendo en pagos que ayudaron con los gastos. Desde entonces, no quiso ahorrar en los bancos y prefirió poner todos sus aguinaldos en la mejora de la casa.

Pero esa flor encerrada resiste y, quizá porque le recuerda esos años, la guarda todavía. La giramos y nos vamos a acostar con su musiquita parecida a la de las series de Navidad, que se queda pegada en una parte entre el oído y la nuca, como un bicho incómodo que viene de antes.

La esfera me hace pensar en una fotografía que la mamá de Aurora tenía en su recámara: Aurora sonríe, trae un vestido de puntos y parece estar dentro de una copa rodeada de rosas y un fondo negro. Había fotomontajes iguales en las casas de otras niñas junto a los cuadros de bebés haciendo caritas: llorando, riendo, en desconcierto, con pucheros, mirando un punto fuera de la lente. En casa, en cambio, había fotografías que papá imprimía y luego pegaba: cuatro hojas tamaño carta que se iban decolorando con el tiempo y ahora son más siluetas que nada. Aunque hoy se note la diferencia, en ese momento la calidad les parecía la misma y sobre todo les llenaba de orgullo que fuera algo hecho en casa. Él se fascinaba por la tecnología y cuando salieron los CD fue el primero en el pueblo en comprarse un reproductor; también se compró un DVD que me regaló cuando me fui a vivir sola y que ahora ya no sirve para nada más que decorar la sala. Después de que saliste de la primaria ya no hay fotos en el álbum porque se compró una cámara digital y todo lo guardó en discos que nadie sabe dónde quedaron.

En casa de Aurora, había además una foto de sus abuelxs con una cascada detrás, ellxs flotando sobre un pasto sintético y coloreadxs con tintas chillantes. A papá también le gustaban los fotomontajes, una vez hizo uno en el que sustituyó tu cara por su cara y otra versión en la que hizo lo mismo al revés: en lugar de su cara, está la tuya. Me encuentro una de esas perturbadoras fotografías hechas en casa entre las que saqué del álbum, no tan decolorada pero sí adherida al acetato de las páginas. Sé que se va a perder si la saco, así que tiro con fuerza y el fragmento con su cara puesta en mi cuerpo se va al bote de basura. Debajo está la primera foto que les tomaron a Aurora y a ti. No entiendo si él ponía una fotografía por encima de otra solo por razones de espacio o si en realidad estaba queriendo esconder algo, poniendo una imagen que sí quería ver frente a otra que prefería olvidar. ¿Qué le decían esas fotos de ti, Irene? ¿Qué veía él que no quería que estuviera en primer plano?

Las dos llevan copete. El tuyo va debajo de la ceja y el de ella arriba. Siempre quisiste que te lo cortaran igual, pero tu mamá no estaba de acuerdo, decía que se veía chistosa. Tú la envidiabas un poco porque ella sí podía ver bien el pizarrón. A ti a veces el cabello te picaba en los ojos. En esta foto están disfrazadas de hawaianas. A ella le pusieron unos conitos de cartulina bajo el corpiño y a ti te hicieron un brasier de papel maché que a Aurora le gustó mucho; paseaba sus dedos, adelante y atrás, como acariciando algo que un día iba a estar ahí. Tú sentías los piquitos que se le salían a ella de entre la tela y les daba mucha risa, lo recuerdas bien, era como tocar la rueca del telar de la Bella Durmiente, y eran ustedes las hechizadas por eso que no podían nombrar.

Las sonrisas cómplices se interrumpieron cuando su mamá las vio. Entre los jalones que les dio intentando que volvieran a la fila se te aplastó el papel maché y tuviste que salir al patio polvoso de la escuela a esperar la música con los pechitos falsos sumidos. Bailaron con sus faldas de rafia, una pulsera de flores artificiales en el tobillo y cara de regañadas. Tú estabas triste y, sobre todo, tenías miedo. No sabías de qué, pero se te olvidó la coreografía y quisiste salir corriendo al baño.

Al lado de los lavabos, había un charco grande que creció todavía más cuando se acercaron. Sin darles tiempo a caminar, las fue absorbiendo y ustedes, que no sabían nadar, aprendieron a quedarse quietas para flotar. Si se movían poco, el agua podía sostenerlas y así se tomaron de las manos y probaron a ver el techo carcomido. Sentían calma aunque sabían que bastaba un movimiento rápido para que viniera otra vez el miedo de hundirse. Unos minutos después, así como había llegado el charco inmenso, desapareció. La ropa mojada y ceñida al cuerpo fue la única evidencia. La ropa mojada y ceñida al cuerpo fue lo que no pudieron explicarle a lxs adultxs.

Desde ese día, la mamá de Aurora se empezó a portar rara contigo; no te dijo nada, pero la viste platicando con tu mamá un buen rato y empezaron a ponerles mucha atención mientras jugaban. Se hacían las disimuladas aunque ustedes sentían que las veían. Dejaron de abrazarse pero siempre jugaban a que sus

Barbies hacían familias y se daban besos. De eso no podían darse cuenta cuando las observaban de lejos.

A veces Aurora llevaba una cosmetiquera con labiales de plástico, espejo y cajitas como de maquillajes con los que jugaban a pintarse en el recreo. La cosmetiquera era azul y siempre se llenaba de tierra. La maestra la veía con asco y te mandaba a lavarla, decía que los niños jugaban futbol en la cancha y como no se querían salir del partido, orinaban ahí. Entonces esa tierra volaba y ustedes se la comían en las tortas o en los churritos, esa misma tierra era la de sus maquillajes. «El problema en realidad eran los recreos tan cortos, porque si fueran más largos a ellos no les importaría hacer una pausa para ir al baño», decía Aurora, y tú lo creías también. Hubieras creído cualquier cosa que Aurora te contara, hubieras hecho lo que ella te pidiera, pero no te pedía nada y tú lo único que querías era darle todas tus muñecas, darte tú misma como un regalo, darte como un dulce para que te chupara, como una palabra que pudiera repetir siempre que se sintiera triste. Aurora solo te miraba y sonreía, y aprendiste a que eso fuera suficiente, a que fuera todo lo que necesitabas.

En la siguiente hoja del álbum me encuentro a Fabi. Van cada una en su triciclo. El tuyo es rojo y el de ella es verde. Avanzan a mitad de la calle desierta y sus cabellos se despeinan con el aire. Hay pocos carros, nada más algunas casas tienen bardas. Algunas se ven con cuartos todavía en obra negra. En lugar de jardín, en tu casa hay un montón de arena con plantas en la cima, que me hace pensar que llevaba mucho tiempo ahí quieta. No me acuerdo qué querían construir con eso, pero Fabi y tú la escalaban, hacían carreteras, puentes y túneles para los cochecitos que ella le robaba a su hermano.

En esos días, unos alumnos de tu papá llegaron al salón con una caja de cartón agujerada que intentaron mantener escondida hasta que se movió sola. Él la abrió y encontró a una lechuza con las plumas todavía tiernas, casi como una pelusa. Así la llevó a la casa. Le puso Quique y lo dejó en el patio de atrás, en uno de los pirules. Le dio de comer pedazos de bistec. Quique pronto aprendió a golpear el vidrio para obtener comida. Nunca se dejó tocar ni tú intentaste domesticarlo, casi no hacía ruido pero, en las noches, su mirada penetrante se veía desde tu cuarto. Quique fue creciendo y un día que ya tuvo las alas fuertes se echó a volar y no volvió. En la única foto que existe de él, tiene los ojos amarillos y brillantes mientras está posado en la ventana, todavía demasiado pequeño. Tuviste miedo de que se hubiera ido muy pronto y no hubiera desarrollado el instinto para cazar su propio alimento, pero te consolaste recordando que nadie le enseñó a volar y sin embargo supo cómo hacerlo. Te preguntaste si Quique, antes de irse, tuvo miedo o sintió ganas de quedarse, si le hubiera gustado ser parte de tu familia.

Aunque no le faltaba alimento, unos árboles pelones y una gente que todos los días le daba la misma comida no era suficiente. Fabi y tú lo veían dormir por las tardes e imaginaban cómo pasaría las noches mirando alrededor y aburriéndose.

Es seguro que tú también hubieras querido, si no volar, al menos irte muy lejos, sin que te vieran. Lejos de mamá que todo el tiempo insistía en que fueras más recatada, en que no corrieras así, en que no interrumpieras a lxs adultxs ni quisieras irte lejos de donde pudieran verte. Lejos de ella no te quitaba la mirada de encima: si algo necesitaba una niña como tú para crecer, era vigilancia.

Fabi y tú hacían figuras de plastilina que se les parecían y las metían en los cochecitos para imaginar que los túneles de arena las conducían a lugares que nadie más conocía, o que los túneles las iban a llevar a la presa que estaba construyéndose. Entonces todo lo pequeño era enorme, un montón de arena que soportaba huecos en medio, como los hormigueros, como las casitas que se hacían con sus manos, como el presente agujerado en el que les tocaba vivir fingiendo que todo era seguro y que siempre iba a ser igual. Hacían figuras de plastilina que luego aplastaban con los tenis sucios y embarraban en el patio de cemento. Mientras más se parecieran a ustedes, mayor era el encono, mayor la fuerza con la que querían apachurrarlas. Y así se les pasaban los días, queriendo repetir el juego, imaginando que nadie más que ustedes mismas iba a destruirlas.

Cuando llegaron a la colonia, la casa tenía dos recámaras abajo y dos arriba, una cocina pequeña y una sala-comedor. No tienes recuerdos claros de cuando se mudaron.

El día de la inauguración no hubo banderillas de colores como las que ahora se ponen en los edificios nuevos, ni guirnaldas de fiesta, pero sí una tarima improvisada y un acto cívico al que acudió Elba Esther Gordillo, la lideresa (vitalicia hasta que la encarcelaron) del Sindicato Nacional de Trabajadores de la Educación, para hablar del bienestar de lxs docentes y sus familias, de la vivienda digna, los derechos laborales, el progreso y todas esas palabras que te sonaban muy grandes y construían una idea con la que tus papás estaban absolutamente de acuerdo. Esa fue la primera unidad habitacional de su tipo hecha solo para maestrxs, después hubo otras cuantas pero papá me ha dicho que ahora ya no se hacen.

Algo que se sentía como un ascenso social les estaba pasando y eso se confirmó cuando entre lxs maestrxs se organizaron para hacer una tanda y comprar antenas parabólicas que vistieron las casas y les dieron la sensación de formar parte de los avances de la tecnología. Aún ahora, algunas casas las conservan en sus azoteas, orientadas hacia un punto en el cielo que antes les transmitió realidades al alcance de un control remoto y los puso más cerca del espacio que de ver lo que pasaba alrededor.

La deuda estaba planeada a veinte años, pero con el Error de Diciembre y la crisis del 95 se extendió otros seis o siete, y varios más para el proceso de las escrituras.

No podías colgar nada en las paredes porque el recubrimiento se desmoronaba y quedaba el tabicón desnudo. La cinta adhesiva tampoco funcionaba porque se caía con el aire, pero tras muchos experimentos que pasaron por el engrudo y el pegamento UHU, descubriste que el silicón caliente servía si no lo tocabas. Así lograste pegar algunos dibujos y pósters de Thalía y Shakira. Durante muchos años usaron uno de los cuartos de arriba para guardar cosas que no necesitaban. No te dejaban entrar ahí, pero a veces lograbas esconderte y sacar pintura de los botes para maquillar a tus muñecas o pintar los cochecitos que luego usaban Fabi y tú. Durante mucho tiempo, no hubo puertas interiores y las habitaciones estaban separadas con cortinas de tela sintética con nochebuenas descoloridas que contrastaban con el piso gris, el cual también tardó años en cubrirse.

Una vez que fuiste más grande y tu mamá confió en que no te caerías de las escaleras —confianza por cierto traicionada a los diez años, cuando te fuiste por el huequito de la esquina y te rompiste la nariz—, te pasó al cuarto de los trebejos y conviviste un tiempo con el burro de planchar, las cajas y un colchón viejo que parecían no molestarte y tener exactamente el mismo derecho que tú a existir en ese espacio. Cuando Bertha nació, de nuevo para la planta baja.

Se dice que apenas Elba Esther Gordillo se enteró que la iban a investigar por desvío de recursos del fideicomiso para la vivienda magisterial, ese que hizo posible la casa en la que creciste, fue a Nigeria para hacer un ritual en el que sacrificaron a un león y luego unos brujos le untaron las vísceras y la cubrieron con su piel. Mientras más imponente fuera el animal, más grandes serían las fuerzas que iban a cuidarla. Unos cuarenta y cinco mil dólares costó ese trabajo, mucho más que la deuda que tus papás arrastraron todos esos años.

Más o menos por las mismas fechas, Carlos Salinas hizo una huelga de hambre que duró treinta y seis horas para insistir en su inocencia ante el Error de Diciembre, el asesinato de Ruiz Massieu y el ocultamiento de información sobre el asesinato del candidato presidencial Luis Donaldo Colosio.

Pero ninguna protección es para siempre y, con los cambios de sexenio, Elba Esther sí terminó en la cárcel, aunque no por el tema del fideicomiso de vivienda.

Cuando la encerraron en 2013, papá insistió muchas veces en que era una pena porque nadie iba a detener la reforma educativa y laboral. Porque la maestra podía ser muchas cosas, decía, hasta una ladrona, pero no se podía negar que lxs había cuidado hasta el último momento.

Después de varios años, Elba Esther fue liberada. Un camino del héroe perfectamente trazado que termina, como muchos cuentos infantiles, en boda: se casó hace un tiempo con el abogado que la sacó de la cárcel, se le veía feliz en los videos que circularon en redes. También hubo una reforma, la que hizo que mamá se jubilara antes de tiempo para que su pensión no fuera miserable. Carlos Salinas se exilió en Irlanda, ahí no había ley de extradición con México.

Aunque la deuda de la casa ya está cubierta desde hace mucho, las escrituras siguen sin llegar porque una vecina se robó el dinero de los abogados. Papá ya no vive aquí y Salinas pudo volver al país después de unos años. Decía que quería llevarnos al primer mundo, pero el boleto solo alcanzó para que él se fuera un ratito.

Le pregunto a mamá si se acuerda de eso y me dice que no; si se acuerda de la crisis y me dice que tampoco; si se acuerda de un vestido rosa que tú tenías y que te encantaba, y tampoco. De uno de flores, azul, sí, vagamente.

—De tus zapatos cafés, ma, que te ponías todos los lunes porque combinaban con el uniforme de la escuela.

—No me acuerdo, no tenía, a mí no me gustaba el color café.

—Sí tenías.

—¿En serio? Es que no me acuerdo de nada.

—¿No te acuerdas o no te quieres acordar?

—Es lo mismo. En ese entonces tenía muchas presiones encima como para preocuparme por conservar recuerdos. Fíjate, no hay fotos mías de ese año.

—Estabas embarazada, ¿no?

—Sí, estaba.

—¿Y de cuando nació Bertha?

—Tampoco me acuerdo.

—¿Te deprimiste?

—No tenía tiempo de pensar en eso.

—¿Y mi papá?, ¿no te decía nada?

—Qué me iba a decir si se quedaba dormido apenas llegaba del trabajo.

—¿Y los fines de semana?

—También se quedaba dormido.

—¿Y tú qué hacías?

—De eso tú te tienes que acordar, nos íbamos las tres al tianguis, y luego me dedicaba yo a planchar la ropa de la semana.

—Y yo a lavar mis uniformes.

—A cocinar para el día siguiente.

—Y Bertha a ser latosa.

Nunca salieron de vacaciones, los aguinaldos y las primas vacacionales se iban en ventanas más grandes, en la construcción de la terraza, en poner el piso de cerámica. Ahora las paredes tienen un recubrimiento que se ensucia muy rápido y cada tanto hay que volver a pintar; la cocina es más oscura de lo que debería. A veces, para tener más espacio hay que sacrificar la luz, me dijo cuando le hice notar eso. Los cuartos huelen a humedad y solo mi mamá vive aquí, en el esqueleto de una ballena que se la tragó hace muchos años y se murió con ella adentro. De vez en cuando consigo abrir al animal para traerle un poco de aire y, con suerte, sacarla de aquí algún día, aunque no le he preguntado si en realidad le gustaría salir.

Mamá es como un pozo cerrado con un agua que no quiere pudrirse. Imagino que su vida sería mejor si no le fuera tan difícil abrir las compuertas, pero ella cree que, si lo hace, se va a quedar vacía. Quiero decirle que para que algo entre, algo tiene que salir. Como no lo sabe, no me lo enseñó, y yo tengo que intentar aprenderlo ahora. Mientras escribo esto la escucho decir que quizá el problema fue que no me revisó la letra a tiempo y que por eso no la corregí nunca, que por eso mi maestra de primero le insistió tanto: «tiene muy buenas calificaciones, aprende rápido, pero no corrige la letra». Mientras escribo esto me acuerdo de tu sensación al tener el lápiz en la mano, frustrada porque los dedos y la muñeca no se movían con la velocidad que querías, con la velocidad de lo que pensabas o la que querías tener para terminar el ejercicio. Como si alguien te estuviera persiguiendo, como si tuvieras prisa de irte y cada plana de las que avanzabas te pusiera un paso más cerca de eso. Tenías prisa y tenías miedo. De todo eso me acuerdo y todo eso quisiera contarlo como un recuerdo nítido.

«Pero igual no me ha ido tan mal, ma, aunque no haya aprendido a tener letra bonita», quiero decirle. De todas formas aprendí a usar la máquina y puedo escribir sin ver. Escribo. De todas formas me dediqué al periodismo, que es lo que me gusta, aunque no me gusta tanto. Pensé que bastaba que algo te gustara lo suficiente como para no aburrirte y entonces podías dedicarte a eso. Ni mamá ni papá supieron de vocaciones sino que las fueron descubriendo en el camino, midieron sus fuerzas y las administraron para hacer lo que podían con lo que había en la escuela: los Libros del Rincón y los gises que rechinaban en el pizarrón hicieron una cotidianidad regular, pareja, con pocas sorpresas [aunque hace muy poco me enteré de una maestra a la que, apenas se retiró, le descubrieron un enfisema pulmonar provocado por esos mismos gises que, al menos para ti, parece que fueron inocuos. Tampoco le he preguntado a mamá en qué año llegaron los marcadores borrables y dejó de quejarse por la resequedad en las manos que le daba el polvo]. Unos niños que hacían las mismas travesuras una y otra vez, unas niñas que se esforzaban pasando en limpio sus apuntes siempre de la misma manera. Cualquier cosa que pidiera ser distinta le generaba un hormigueo en la cabeza que le hacía temblar también el párpado izquierdo. Bastaba algo cambiado de sitio para que todo en su cuerpo se pusiera tenso y la hiciera querer salir de donde estaba. Lxs demás lo notábamos, pero ella se quedaba siempre, siempre se quedó.

Tus amigas y tú, Irene, crecieron lejos de cualquier agua que corriera.

Todo lo que tuvieron cerca fue agua estancada: en Las Fuentes, el lugar que hace años servía para acumular agua y surtir al pueblo, donde los muchachos de secundaria iban a tomar y se ahogaban porque el fondo lodoso les atascaba las piernas y nadie sabía nadar. En El Palmar, frente a la casa de Gaudencia, quien te cuidaba cuando salías del kínder y tu mamá seguía trabajando, había un bordo enorme que en tiempos de lluvias siempre amenazaba con desbordarse, hasta que unos hombres llegaron con tractores y rasparon la base sin avisarle a nadie, y el bordo no se volvió a llenar. Y otra vez, en el fondo de todo, la presa de Zimapán. Nada que fluyera, ningún sonido relajante del agua idealizada, solo metros y metros de tierra seca con unas pocas interrupciones.

Es similar a tu carta astral: algo de fuego, mucho aire, tierra y nada de agua, como un remolino caliente.

Le pregunto a papá qué recuerda. Me cuenta que movieron a lxs muertxs. La iglesia se quedó pero el panteón lo pasaron a Bellavista.

—¿Y las tumbas las hicieron todas iguales?

—Eso no sé, nunca fui.

Busco en Google Maps. El trazo geométrico de Bellavista contrasta con las calles venosas de los pueblos cercanos, son todas una bifurcación de algo que no se origina nunca. No hay vista de calle adentro del pueblo ¿porque sus habitantes se opusieron?, ¿porque no tiene un número de pobladores que a Google le parezca suficiente para recorrerlo? Coloco la personita amarilla en la entrada. Se puede ver el arco que da la bienvenida; a la derecha, un hombre con su burro; a la izquierda, un auto con el cofre pelado; atrás, dos hombres sobre una cimbra, levantando una construcción. Más lejos, se ve un humo que podría estar saliendo de algún fogón o de una quema pequeña de basura, y al fondo están las primeras montañas de la

Sierra Gorda. Todo lo llena el sol. Veo y me imagino la sensación del polvo que se desprende del suelo como negándolo, como resistiéndose a ser parte. Recuerdo tus tardes en El Palmar, corriendo a resguardarte de los remolinos a la orilla de la carretera cuando venías de la escuela. El golpe de las piedritas sobre los muslos, los ojos llorosos, la falda alzada por el aire y los mapas que acababas de comprar en la papelería yéndose muy alto y muy lejos en pocos segundos, anticipo del regaño que te esperaba por haberlos perdido. Papá dice exactamente: «Arriba de la Vega había un puente colgante, encima otro que se veía apenas como una línea altísima. Un lugar recóndito hundido al fondo de una especie de cañón en un clima semidesértico, con la buena suerte de contar con el cauce del río Moctezuma que pintaba de esmeralda sus orillas. Tan lejos que al nombre del pueblo solo le faltaba una *r* en medio para darle un nombre más acorde», y se ríe de su propio chiste. «A veces nos íbamos a pasear al río después de las clases. Mis alumnos se metían. Yo no, porque no me gusta el agua. Y en otras ocasiones llegaba el delegado a saludarme. Encima del pueblo había dos puentes colgantes, eran los que usaban los ingenieros para ir a hacer estudios para la presa. Desde entonces se sabía que algo quería hacer la CFE ahí pero no teníamos detalles».

Mamá me deja donde termina el camino y se va. Consigo que me lleven en lancha a La Isla. Pienso en Elena Garro: Aquí estoy, sentada sobre esta lancha aparente. Solo mi memoria sabe lo que encierra. La veo y me recuerdo, como el agua va al agua, me recuerdo, vengo a encontrarme en su imagen cubierta por el polvo, rodeada por las hierbas, encerrada en sí misma y condenada a la memoria y a su variado espejo de agua.

Toco el agua y es como si se agitara también el resto, adentro de mí, como si tú te removieras. La tensión superficial que se resiste a ser entrada es el inicio del fondo; me esfuerzo mucho en ponerle límite a las cosas, en separar los principios de los finales, pero tocar los primeros milímetros, la membrana que está en contacto con el aire, es también tocarla toda. Aquí está la superficie del agua que se perturba ante mis dedos y ante un motor que asusta a los peces que viven debajo. Aquí me veo reflejada y aquí también vengo a buscarte, o debo decir, a ahogarte, Irene. Aquí aprovecho la circunstancia que me trajo para buscarte a ti sabiendo que nada de lo que encuentre eres en realidad tú, sabiendo que lanzo mis preguntas en forma de piedra y acepto que se hundan, pero las ondas me recuerdan lo que la piedra fue, incluso cuando la piedra ya no puede verse. Incluso cuando toca el fondo que no alcanzo a ver. Lo que tú eras. Lo que eres hoy para mí. Acepto que te veo en el agua sucia y quiero salvarte pero no aprendí a nadar y no puedo aprender ahora. Acepto que, si te hundes, es lo mejor. Que te hundas para que yo te espere aquí, espere a que tú flotes, quizá hinchada, más grande, más cierta que todo lo que puedo recordar o imaginar, que son prácticamente la misma cosa. Mi mamá y yo nos esforzamos tanto en las cosas contrarias: yo, en borrarte, ella en creerte presente y en verte en mí, en buscar tu mirada en mis ojos que ya no se parecen a los tuyos. Aunque vengo aquí por el trabajo y no quiero acordarme, siento que también vengo aquí por mamá y por ti, como si tuviera que reconstruir la historia para que ella no necesite escarbar en su memoria y pensar si se equivocó, si nos equivocamos, contigo. Hemos rehuido el dolor y nos ha parecido más fácil continuar con la vida como si nada pasara, poniendo flores de plástico sobre un florero viejo, comprando frutas de cera para decorar la mesa del comedor, instalando pisos de cerámica imitación madera. Algo falso que reluce siempre. Y en eso falso, está también el recuerdo que ella nos quiere inventar, a ti y a mí.

Todo lo que tengo alrededor es agua quieta, solo perturbada por la presencia de unas pocas personas. Yo no salto, no me meto, no salpico. Me muevo despacio para no alterar nada y me dejo llevar. Si el viento soplara, ¿te movería también a ti, Irene? Siento que necesito agua y lo que me falta es aire. El sopor no me deja respirar.

Decido pasar la noche en la presa, creo que más por contradecir a mamá que por gana propia. Es eso, o que vuelva por mí en unas horas, pero la idea de regresar al desastre y su limpieza me hace sentir que esto es una mejor opción, así que la texteo breve: nos vemos mañana, ma, me quedo aquí. Ella: ok. Cuando el recepcionista me saluda, dudo del código. Aprieta tan fuerte que siento mis articulaciones reacomodarse, liberan una tensión y se cargan de otra nueva. Respondo de la misma manera, con toda la fuerza que tengo. Aquí el saludo es así y no corresponder es señal de debilidad o desinterés. Quiero que sienta que estoy segura de a qué vengo aunque eso también sea engañarme. Me cuenta de las amenidades del sitio y me advierte sobre los mosquitos. En esta temporada salen muchos, pero en la recepción hay repelente que hacen con citronela que cultivan aquí mismo. Me lleva a ver el agua de cada lado de la isla y me ofrece un viaje a las compuertas de la presa, pero ese sí te lo tendríamos que cobrar, me advierte, por lo de la gasolina. Gracias, esta vez no, cuando vuelva, seguro. Por ahora me basta sacar fotos desde aquí y todo lo que usted me pueda contar. No hay mucho para preguntarle. Su discurso es un papelito memorizado mecánicamente que cuenta las maravillas del paisaje y la relajación.

Tomo algunas fotos y sigo dándole vueltas a la nota que tengo que escribir, qué enfoque escoger, cómo hacer para mostrar lo que veo y, sobre todo, qué es en realidad lo que quiero que lxs otrxs vean. Intento probar una de las mojarras fritas que ofrecen en el restaurante pero la escupo casi de inmediato. No puedo con saber su origen y no puedo tampoco con la idea de que algo que estaba vivo hace apenas unos minutos termine tan rápido en mi plato. Todo lo que he estado leyendo sobre este lugar se me acumula como una serie de preguntas que chocan con el trato amable y sonriente del hombre que me atiende. Parece que lo que le digo habla de un país distinto, de un lugar que no ha existido nunca.

Me como el paquete de Canelitas que traigo en la mochila y saco todas las fotografías que puedo, lo más rápido posible. Sé que lo más importante es lo que se queda fuera del encuadre, eso que no puedo hacer evidente. En las imágenes el agua no tiene olor y el reflejo del cielo hace un azul que invita a ponerse el traje de baño; no se parece en nada a los tonos pardos y grises que tengo enfrente. En la semana, con la edición, también podré hacer que la hierba amarillenta se vea mucho más verde y que el platillo que el mesero me mostró sonriente sea mucho más apetitoso.

De noche, el repelente no alcanza para ahuyentar a los mosquitos que se me pegan a la piel por el sudor. No sé cuántos me rodean pero buena parte de las horas que tendría que estar durmiendo las paso golpeándome las piernas y los brazos intentando matarlos. El olor de la presa se me sube a la nariz y no se disfraza con la citronela. La humedad sucia se expande aunque tengo la ventana cerrada y las sábanas limpísimas huelen a suavizante. No sé si esto es real o soy yo imaginándolo todo, ¿y si no huele a nada más que a mi propio cuerpo, mi sudor, y los aromas artificiales de la ropa de cama? Tengo los ojos demasiado abiertos. Me desespero porque no entra ni un poco de luz, recorro el espacio dando tumbos, como la imagen opuesta de un mosquito atraído hacia la luz que se golpea con los objetos: somos iguales en la torpeza, ese mosquito y yo, y algo nos impide ver. Busco el celular a tientas y sigo leyendo mientras espero el día. El artículo que abro está firmado por Inga-Lill Aronsson, una doctora sueca que estuvo aquí antes y durante el proyecto.

> Las casas en el nuevo poblado son de tipo urbano con facilidades modernas tales como baño integrado y cocineta (*bar-kitchen*). Algunas de las casas en los poblados originales tienen estas facilidades, pero en otro estilo. Las mujeres de Rancho Nuevo critican las nuevas construcciones abiertamente, porque ninguna de ellas es adecuada para la vida rural: «Las casas no necesitan una cocineta de este tipo, o un nicho de piedra decorativo».

El problema se centraba en la funcionalidad rural, más que en la urbana. A mi pregunta que sugería todas estas cosas, las mujeres contestaron que la CFE presentó las propuestas a los hombres del pueblo que trabajaban en el nuevo asentamiento y que fueron ellos quienes las aceptaron sin poner la atención debida. Lo más importante de todo esto es que la chimenea no funciona muy bien en las nuevas casas (CFE, 1992:88).

En el nuevo poblado, la CFE restituirá 403 casas. En octubre de 1992, había 203 casas terminadas y 200 más faltaban de construirse. Los planes de la CFE eran terminar la construcción de estas casas en diciembre de 1992, pero no han sido terminadas. Los programas anteriores de reasentamiento han mostrado que «desarrollo» a gran escala significa, casi sin excepción, desastre cultural y social para los lugareños.

En otros archivos leo que las presas hidroeléctricas son una clave para el desarrollo capitalista desde fines del siglo XIX. La primera en México se construyó en 1889; para 1937, cuando se creó la Comisión Federal de Electricidad, la energía eléctrica pasó a ser generada y administrada por el Estado. En el presente hay sesenta y cuatro centrales hidroeléctricas en el país. Once de ellas se construyeron entre 1990 y 2000. Zimapán fue la decimocuarta presa de concreto con solución de arco más alta en el mundo. Si hablamos de otros récords mundiales, la central cuenta con el túnel de conducción de agua para generación más largo del mundo (veintiún mil setecientos metros). La construcción de la cortina requirió verter ininterrumpidamente doscientos veinte mil metros cúbicos de concreto durante setecientos días con sus noches.

La presa de Zimapán almacena mil quinientos millones de metros cúbicos de agua en dos mil trescientas hectáreas. En septiembre de 2021 alcanzó su máxima capacidad y tuvo que desfogarse. Hubo treinta mil damnificadxs (aunque muchxs de ellxs no hicieron reclamos oficiales por la pérdida de sus cosechas) y un derrumbe cerca del cuarto de máquinas del embalse una semana después del desfogue.

Esto hace que en temporada de lluvias algunas colonias de la ciudad de Querétaro se queden sin agua. Aunque las de Zimapán son aguas negras, algo sucede con las compuertas y los sistemas de agua potable que no se pueden tener encendidos al mismo tiempo porque generarían un colapso mayúsculo. Todas las explicaciones que encuentro son confusas, pero el chiste es que, si la presa se llena, el agua en gran parte del estado se va. Por eso nosotras nos quedamos una semana sin poder bañarnos a la mitad del verano el año pasado.

Mientras espero a que se haga de día, una luz azulosa empieza a subir por la esquina de la ventana junto con el ruido de los primeros pájaros que disfrazan a los mosquitos que van cada vez más lentos sobre mi piel.

El lema de la Comisión Federal de Electricidad es: «Una empresa de clase mundial».

Los uniformes eran horribles, el de Educación Física era del mismo verde que los suéteres de lxs de secundaria pero con unos triángulos cafés en los hombros que parecían una caca o unas alas de cucaracha, según el ángulo. Además a todxs les compraban tallas más grandes para que les duraran al menos dos ciclos escolares, así que tenían que doblarlos de las piernas y los brazos y terminaban viéndose deformes, con las extremidades muy gruesas. Una de las fotos que aparece en el álbum que me robé lo confirma. Aquí están las cuatro: Mónica, Aurora, Fabi y tú, un 16 de septiembre que papá llevó la cámara para cubrir el desfile.

Antes de salir a la Delegación para el acto cívico, tuvieron un partido de básquet. Mientras el maestro hacía de árbitro, se abrazaba al poste de la canasta para conseguir señal de celular porque había quedado de hablarle a su novia. Mónica era la más alta y quedó en el equipo contrario, junto con Fabi, Abi y Mayra. Del otro lado, Vianey, Aurora y tú. No te gustaba jugar básquet porque sentías el cuerpo como un montón de frascos a medio llenar y sin tapa. Apenas te movías, tenías la sensación de que algo se iba saliendo, como algo que dejaba de pertenecerte. Así puedo yo pensarlo ahora, pero tú solo te sentías incómoda y las palabras no te hubieran alcanzado para nombrar con tanta exactitud. Eras una niña que se sentía incómoda todo el tiempo, una niña a la que le sobraba su cuerpo. Nunca pudiste hacer una lagartija y estabas siempre al borde de reprobar Educación Física; corriendo eras la última y cuando jugabas voleibol no sabías ni sacar. Aunque siempre te hicieron creer que era una falta de habilidad, pura torpeza, ahora alcanzo a preguntarme si era así o, más bien, te habían enseñado a no moverte, porque una niña es más fácil de controlar cuando se queda quieta. En las fiestas, no te parabas casi nunca de la mesa de lxs adultxs, te dejaban cuidando las bolsas mientras ellxs bailaban y lxs otrxs niñxs corrían por ahí. No faltaba alguna señora buena onda que intentaba platicar contigo para que no te quedaras dormida. Y entonces sonreías, enfundada en tu vestido rosa de encaje viendo cómo todxs se divertían menos tú. En los partidos, aunque estuvieras en la cancha con tus amigas, tenías la misma sensación. Siempre pedías balones de fut y de básquet para tus cumpleaños pero nunca te quisieron regalar uno, también pediste una bici, una patineta, unos patines. Eso nunca pudiste tenerlo. Tuviste en cambio muñecas, todas las que quisieras. Platitos de peltre, licuadoras de plástico que sí

98

daban vueltas, comida de esponja, planchitas de madera. Todxs eran felices menos tú.

Nadie vio cuando Mónica te arrebató la pelota que, por primera vez, habías conseguido llevar más allá de la mitad de la cancha. Metió todo el cuerpo y, como tú eras de las más chaparras del salón, tu cuello quedaba a la altura de su brazo, así que fue fácil encajarte el codo en la garganta y cortarte la respiración unos segundos. Te tardaste en entender qué estaba pasando. Después, el balón estaba en sus manos y anotó. Inmediatamente un saque y otra canasta, otra más. Les estaban ganando por mucho, ella se ponía cada vez más competitiva. Te distrajiste y el balón que estaba yendo de Abi hacia Mayra casi te dio en la cara. Se te atravesó un puño enfrente, fuerte y sin dudas, que lo desviaba.

Te salvé, te dijo Aurora sonriente, y se fue corriendo. Ojalá de verdad te hubiera salvado, ojalá tú, al menos, hubieras podido saber que querías que te salvara. Estabas demasiado sola, Irene. Nadie quiso contarte el cuento que te estoy contando ahora. Tú no habías aprendido a inventarlos ni sentías que una historia hubiera podido salvarte de nada.

Todos los 14 de febrero hacemos una cena para celebrar que llegamos a vivir en esta casa. En realidad, Ana llegó un 12, pero da igual. Nos prometimos que íbamos a festejar cada año y no podíamos hacer ningún plan con nadie más. Es nuestra manera de combatir al amor que sale en las películas y pretende que la pasemos con nuestros novios o con una cita prometedora. Así que aquí estamos. Cenamos taquitos de pastor y tomamos mezcal. A Oli un amigo suyo le trae botellas de Oaxaca cada dos meses y guardó para hoy la última.

Hacemos un intercambio de menos de cincuenta pesos. Gana quien encuentre la baratija que más le guste a la otra. Oli le regala a Ana una muñequita hawaiana que baila; «para cuando tengas coche», dice. Ella se ríe y piensa cómo adaptarlo a la bici. Yo le llevo a Oli seiscientos cuarenta y tres gramos de lichis (lo que alcanza con cincuenta pesos porque apenas empieza la temporada) que son lo que más la hace feliz en el mundo. Su sonrisa no se disimula y, apenas los tiene, empieza a pelar uno con la calma de alguien que desea tanto algo que posterga su llegada. Cuando el jugo le resbala por las comisuras, sonríe. El mezcal es denso y se me atora en la garganta, me hace toser y escupirlo. Ana está en la cocina sacando un panqué del horno y cuando vuelve me extiende el regalo en una bolsita de terciopelo. Pesa sobre mi mano.

—¿En serio esto te costó cincuenta pesos?

—Simón.

—Es una piedra en forma de huevo, qué bonita, gracias.

—No, mensa, no es una piedra cualquiera. Es un huevito yoni.

—¿Un huevito qué?

—Googléalo.

Busco lo del pinche huevito y leo en voz alta:

—«La libido, la confianza y la autoestima aumentan considerablemente. Previene la sequedad vaginal, incontinencia, flacidez, atrofia, migrañas… Ayuda a equilibrar el ciclo menstrual, la regulación hormonal, y con problemas como fibromas, quistes, menstruación dolorosa…Y te conecta con tu energía sexual como fuente de sanación, transformación, desbloqueo y liberación».

—Ana, ¿qué mamada es esta? —digo entre risas.

—A ver si así ya te baja.

La primera vez que fueron atrás de las letrinas fue en tercero. Lxs del salón le habían escondido a Aurora su bolsa de las Barbies y ustedes recorrieron la escuela entera buscándola. Cuando ya no les quedaba ningún otro lugar, fueron allá. Decían que en ese lugar se aparecía Martina, una niña de primero que hace años se había muerto porque a la hora de cagar se cayó en el hoyo y como era muy pequeña no alcanzó a salir y se ahogó con la mierda de todos. Sé ahora que esa historia no podía haber sido cierta, pero ninguna primaria sobrevive sin los cuentos hechos para prohibir los lugares alejados de la mirada adulta. Y quiero decirte, Irene, que nada de lo que recuerdas es falso, que todo esto pasó y que todo esto estaba ya dándote señales de quién querías ser. Aunque tenían miedo, siguieron buscando. Faltaba poco para que entraran lxs de la tarde y a ustedes las corrieran de la escuela; Aurora no podía irse sin la bolsa porque entonces su mamá la iba a regañar. La encontraron escondida detrás de una puerta que no cerraba. Ya que estaban ahí, dieron la vuelta invocando a la niña que nunca salió. Pero dijeron «Martina» y una lluvia rosa les empezó a caer, después cambió a muchos colores y, entre maravilladas y asustadas, descubrieron que si decían «Martina» las tres juntas, la lluvia paraba, y que si Fabi lo decía se ponía azul, si lo decías tú era verde, si lo decía Aurora volvía al rosa. Ensayo y error feliz, compañía feliz, el sol no daba tan fuerte en ese rincón de la escuela.

Como nadie las veía, se quedaron un buen rato, cavaron un huequito en la tierra, desnudaron a las muñecas y las bañaron. El agua de colores también las mojaba a ustedes y no tuvieron miedo de que las descubrieran. Ese día hacía calor y se quitaron los uniformes para dejarse bañar abrazadas por eso que llovía solo para ustedes. Un buen rato después, cuando empezó a hacerse de tarde y refrescar, gritaron a coro «Martinaaaa» y se volvieron a vestir. El agua cesó. Los colores les escurrían por los cabellos, igual que esa vez que, hace poco, fui a un desfile del orgullo y aventaron humo de diferentes tonos y después llovió, pero en ese entonces tú no habías visto nada parecido, no sabías que en tu cuerpo podían caber los arcoíris, y no lo ibas a saber en mucho tiempo. Cuando se fueron acercando a las canchas, las cuatro estaban ya completamente secas y sus faldas y zapatos tenían apenas un poco de polvo. No le contaron a nadie ese secreto y es probable que ninguna de ellas lo recuerde.

103

Yo, en cambio, escribo para asegurarte que te pasó, para insistir en que tu imaginación nunca fue tan grande. No podrías haber inventado todo lo que estabas sintiendo.

Conseguí con Niv el número de Camila y la invité al Cineteatro, donde estaban pasando una película de Cronenberg que me pareció ideal para una primera cita. Mientras fetos enrabiados salen del vientre de una mujer que los arranca con los dientes, nuestras manos se entrelazan y se buscan, una rodilla se aproxima a la otra. Apenas es un roce que hace que todo vibre. En el momento más intenso de la peli, ella sonríe y me mira, me da un beso corto y escuchamos la tos incómoda del señor de atrás. Camila voltea y lo mira, retadora, él se arremolina en el asiento y nosotras volvemos al beso. Tenemos la urgencia de las primeras veces, la sensación de un futuro corto o largo que se abre. Mete discreta una mano bajo mi vestido negro y apenas se encienden las luces corremos a casa.

Entramos a mi cuarto y comenzamos a tocarnos. Es ligera sobre mí y se yergue, paso mis manos por su vulva y se inunda. La tomo por el cuello, huele exactamente a lo que imaginé. No dudo de lo que quiero pero le pregunto si puedo. Su sí es el que me prende. Me nota temblar y me guía. Aprieto su cadera, nos movemos al mismo ritmo y meto mis dedos en su boca mientras ella mete los suyos en mi vagina. Gritamos, nos reímos cuando ella se cae de la cama y continuamos en el piso que pronto sentimos resbaloso por nuestro sudor. Manos y bocas, vulvas, pezones. Horas y horas vuelven de nuestros cuerpos uno solo de partes indistinguibles.

Cuando terminamos, ya está amaneciendo y dentro de un rato tengo que salir a la prepa, luego al semanario, pero todo lo que quiero hacer es estar con ella, que me pide quedarse un rato más en mi cama. Salgo a la cocina a preparar café y cuando me acerco ella sonríe ante la taza humeante. Ya quiero terminar mi turno para volver a verla. Camino al trabajo le escribo para preguntarle si quedamos y me dice que prefiere que no, que mejor otro día. Que la pasó muy bien y quiere que se repita, pero hoy tiene otra cita y no quiere cancelarla.

El papá de Fabi había sido compañero de tu papá en su otra escuela. Ellos se llevaban muy bien, pero solo una vez fue con su familia a comer a la casa. Llegaron con el hermano bebé de Fabi y comieron pollos rostizados. Fabi y tú se apuraron para ir a jugar y salieron al patio.

Escucharon risas de lxs adultxs, algo de música y una plática larga que las sorprendía porque a ratos hablaban de ustedes:

—Mi hija, muy buena para la escuela, pero muy mala para ayudar en la casa.

—A la mía la tengo que perseguir para las tareas, pero cuida con mucho gusto a su hermano, es muy responsable con él, lo adora. Eso sí, es muy berrinchuda.

—Irenita no tanto, eh. Cuando se enoja se va a llorar a su cuarto pero no dice nada. Aunque a veces me preocupa que se pone triste, le da por encerrarse, por no hablar en horas.

Ustedes jugaban a las muñecas, casi todas las de Fabi estaban rayoneadas de la cara. Una tenía un ojo rodeado de líneas azules.

—Es que tiene un moretón.

—¿Por qué?

—Le pegó su papá.

—¿Quién es su papá?

—Se me olvidó traerlo, luego te lo enseño.

El maestro Toño usaba de esos mocasines de piel con un detalle de herraje en el frente, perfectamente boleados; pantalones de tiro alto y camisas con rayas o con patrones de líneas y círculos de colores. Olía siempre a una loción de Avon que se llamaba Wild Country.

La mamá de Fabi era alta, delgada, güera. Traía los labios siempre pintados de un dorado intenso. Daba clases en la secundaria y casi nunca estaba en las reuniones a las que las llevaban a ustedes. A ti te trataba muy bien y, cuando la veías, te regalaba una paleta de manita. «Para que veas cómo está tu suerte hoy», te decía. La sacaba del empaque y leía el mensaje. La última vez la paleta anunciaba: «El amor anda cerca». «Tendrás una bicicleta», decía la de Fabi.

Aunque no iban en el mismo salón, Fabi y tú se veían en los recreos y en las aburridísimas juntas de consejo a las que terminaban yendo porque nunca las dejaban quedarse solas. Toño y Fabiola, sus papás, se querían mucho, y él estaba muy feliz con el bebé, se la pasaba sacándole fotos y lo cargaba mientras Fabiola comía o levantaba los platos. A Fabi y a ti las vestían igual, como esperando que si repetían la ropa, iban a repetir también el resto de su vida: dos niñas iguales, dos niñas obedientes, inteligentes pero no demasiado, dos niñas que aprenden a decir que sí incluso cuando quieren decir que no. Dos niñas criadas juntas que vienen de familias parecidas. Fabi y tú tenían que acompañarse porque sus papás y los tuyos lo necesitaban para poder dedicarse a lo suyo sin tener que preocuparse por ustedes. Alguna vez tu mamá le regaló un vestido que a ti te quedaba grande y su mamá, a cambio, te dio un suéter de lana con animalitos. Picaba horrible y era hermoso. Todas las veces que lo usaste te salieron ronchas, pero te encantaba cómo combinaba con un pantalón aguado que te había regalado la abuela. Te encantaba, sobre todo, la idea de que Fabi lo había usado antes que tú y que cuando te lo ponías, ella te estaba abrazando, ella estaba yendo contigo a donde fuera que tú quisieras ir. Con ese suéter aprendiste que no todo el amor es cómodo y también que para que el amor cobije tienes que hacer sacrificios. No todo lo lindo es suave, a veces lo áspero es condición para la alegría.

Le pusieron «la nube de Martina» y decidieron que no podían ir ahí todos los días, para que no se fuera a gastar. Les daba miedo que un día no apareciera. Por supuesto, también siguieron con la decisión de no contarle a nadie e hicieron el trato de ir juntas siempre. Cuando había que tomar decisiones importantes, como quién iba a hacer las tareas en equipo, qué juego iban a jugar en la kermés, o cuál test de la revista tocaba resolver, iban a la nube de Martina y dejaban que las gotas de colores les ayudaran. También la usaban cuando querían quejarse de la maestra, cuando sacaban diez en los exámenes o cuando alguna hacía algo que a las otras dos no les gustaba. Nunca las descubrieron. Cuando algún niño se acercaba, el agua cesaba de inmediato. Lxs maestrxs no iban jamás ahí.

Varias veces quisieron hablar con Martina, le pidieron que cambiara de color el agua para decirles que no o que sí, le preguntaron si era verdad lo que contaban de ella en la primaria, pero nunca respondió a sus intentos, así que terminaron por creer que el nombre era una especie de palabra mágica y no un fantasma que vivía ahí. Aurora hizo un dibujo con una nube de colores sobre ustedes tres, es uno de los pocos que aparecieron en el cuarto ahora que mamá removió todo.

Abro de nuevo el álbum de fotos y me encuentro una Polaroid en la que estás abrazando a un chimpancé. El cabello largo te tapa los ojos pero no la sonrisa de fascinación y miedo. Ese día vas a aprender que el espanto a veces se parece a la felicidad. Le pediste a tu mamá que invitaran a Aurora y dijo que sí. Él enseña los dientes en un puchero extraño mientras extiende el brazo tras el respaldo de la silla y roza tu vestido de flores guindas. Son prácticamente del mismo tamaño y el *flash* les da igual sobre la cara, pero Aurora y tú van a irse a sus casas y él se va a quedar en el circo aprendiendo nuevas formas de estarse quieto con lxs niñxs. Ese día vas a querer no haber visto nada, vas a preferir ser una niña sola que una niña a la que llevan al circo para distraerse, porque vas a entender que no hay nada que pueda distraerte de ti misma y de lo que llevas contigo. No vas a concentrarte en lo que ves sobre la pista y vas a ver a Aurora todo el tiempo: sus dientes, su sonrisa, su cabello limpísimo y cuidado. Vas a sentir miedo de ti y no vas a saber cómo contárselo a nadie. No vas a saber por qué sientes miedo, pero vas a tener la certeza de que si le cuentas a alguien, todo puede salir muy mal.

Esa noche llevaron a tu papá al escenario para que le diera de comer a la jirafa y le hicieron ponerse un plátano en la boca que ella tomó con un lengüetazo. Ni tu mamá, ni Aurora, ni tú pudieron contener la risa. Él regresó a su asiento enojado y pidió un kleenex, pero no tenían. La baba se le secó en la cara y le dejó rastros blancos y olor a algo podrido. De regreso a la casa, le pidió a mamá que manejara. Ella se puso nerviosa porque él iba mentando madres y no podía meter el *clutch* a tiempo. Avanzaban cincuenta metros, el carro se sacudía y después se apagaba. Una vez tras otra. Se tardaron más de cuarenta minutos en llegar, de ida habían sido diez. Papá no estuvo dispuesto a cambiar asientos, las estaba castigando y lo disfrazaba con darle a mamá permiso para practicar. Dejaron a Aurora en la parada de autobús, donde su mamá ya la esperaba. Apenas te quedaste sola con tus papás, fingiste dormir entre una sacudida y otra para que pareciera que no estabas ahí, hasta que te venció el sueño de verdad. Cuando llegaron a casa y papá abrió la puerta, hiciste como que no te despertabas. Él te llevó de malas cargando a la cama, y tú no podías dejar de pensar en el sonido del cuero curtido golpeando sobre la piel viva de los animales. Con los ojos entreabiertos, disimulando tu vigilia, viste que te dejó la foto del chimpancé en la mano, pero en la mañana ya estaba guardada en el álbum, escondida tras una foto familiar, y nadie la volvió a ver hasta ahora.

Hace unos meses le pregunté si se acordaba y me dijo que no, que a lo mejor era una de esas cosas que había visto en la tele y que luego recordaba como si te hubieran pasado a ti, porque a él de seguro el plan de alimentar a una jirafa con la boca le hubiera parecido muy divertido y a mí me encanta inventar escenas en las que él queda mal parado. Ese día aprendimos muchas más cosas de las que estamos dispuestas a aceptar, Irene.

Es raro esto de enamorarme tanto de Camila. Es raro porque antes de eso había sentido que el amor no era lo más importante ni algo en lo que quisiera concentrarme demasiado tiempo. Prefería salir con mis amigas, las citas casuales, el sexo que conseguía por las noches, al final de las fiestas, cuando todxs empezaban a buscar un cuerpo tibio al cual acercarse. En ese momento, ya no había que hacer mucho esfuerzo. A veces no es tan importante saber qué pensamos ni estar atentas, a veces lo único que necesitamos es alguien en el otro extremo de la cama y saber que existe la posibilidad de noches tranquilas, de decir «que descanses y sueñes bonito», y que ese deseo sea real. Pero también tengo que reconocer que me pasó muy pocas veces. No me gustaba dormir con nadie porque los ronquidos, aunque fueran leves, me ponían alerta toda la noche. Cogía muchas veces con una rapidez ansiosa y apenas terminaba me iba a casa o despedía a la respectiva persona. Nada me gustaba más que la sensación de las sábanas frescas recibiéndome, o de la cama de dos plazas para mí sola, dispuesta, diciéndome que mi elección de quedarme sin compañía era algo que iba a agradecer al día siguiente.

Pero Camila y yo lo primero que hicimos fue dormir juntas. Antes de siquiera besarnos, dormimos juntas. Creo que eso fue lo que me gustó y lo que me hizo querer más desde el inicio. Acostumbrada como estaba a la velocidad, casi al trámite de los encuentros para no quedarme fuera de las expectativas sociales, que alguien pasara ocho horas conmigo en una cama abrazándome fue algo que yo no sabía que necesitaba. Camila no fue la primera e intuyo que no será la última, pero no me gusta sentirme así de mal ahora que no está, me suena como algo de una época a la que no tengo ganas de pertenecer.

Antes de ella, me gustaba pensar que la familia fallida en la que crecí era suficiente antídoto contra el amor romántico. Papá y mamá quisieron enseñarme que no es tan difícil hacer realidad lo que deseas si eso que deseas es heterosexual y capitalista: la familia, lxs hijxs, el trabajo estable, la casa. Ya casi nadie de mi entorno quiere eso ni traza sus planes para el futuro con esos objetivos, es más, ya casi nadie traza planes para el futuro. Estudié una carrera universitaria y una maestría que me permitió vivir medianamente bien durante dos años, ahora tengo dos trabajos y apenas consigo cubrir mis gastos. Lo mismo Ana y Oli. A Oli, sin embargo, su abuela todavía le ayuda un poco, lo que le permite dedicarse a patinar todas las tardes sin necesidad de preocuparse tanto como nosotras. De las tres, ella parece la única que sí es feliz.

Y la vida iba más o menos bien, nuestras sobremesas larguísimas, las tardes en las que nos poníamos a escuchar canciones, los calendarios para la limpieza que cumplíamos con la regularidad suficiente para mantener la casa habitable, las noches en las que compartíamos la mesa para calificar exámenes. Las primeras veces la cagamos y pedimos ensayos imposibles de calificar. Igual para nuestrxs alumnxs no era demasiado, entre tres y cinco cuartillas para un trabajo final, teniendo en cuenta que durante el semestre no les habíamos pedido casi ninguna tarea. A Ana y a mí nos choca jugar a la autoridad, pasar lista, llevar registros y esas cosas. Siempre nos cayeron bien las profes que nos dejaban entrar a la hora que quisiéramos y que nos pedían cosas fáciles de hacer, porque para complicaciones, teníamos la vida. Esa misma visión es la que repetimos y tratamos de que todas las lecturas las hicieran en el salón con nosotras, pero con los finales se nos fue la mano. Hicimos las cuentas y nos odiamos a nosotras mismas: teníamos en total seis grupos de treinta alumnxs por cada uno. Setecientas veinte páginas para marcar errores de ortografía, hacer comentarios sobre el contenido y evaluar de la forma más imparcial posible, hasta que un día entendimos que la objetividad era un invento y que todo lo que veíamos tenía nuestros ojos puestos, que no hay manera de calificar ni entender ninguna cosa sin que lo que somos se ponga ahí, casi como si tú, Irene, estuvieras viendo detrás de mí, como si tú me estuvieras acompañando siempre, aunque yo no quiera.

No hubo fin de semana que nos alcanzara, así que se nos iban las noches en vela con café primero, luego cerveza, luego otra vez café y un chingo de cigarros. Cuando le conté a mi mamá se rio de mí, primero porque siempre dijiste que ibas a ser cualquier cosa menos maestra cuando te ponía a ayudarla a copiar calificaciones y pasar a computadora sus listas de evaluación y odiabas tu vida, y también porque me vio la inexperiencia. Por esas horas de revisión nadie te paga, me dijo, como si yo no hubiera tenido mucho tiempo pasando páginas para aprender la lección.

Ahora también tenemos encima la amenaza del verano porque, en cuanto terminen las clases y entreguemos las evaluaciones, nos espera un mes y medio sin paga, hasta que nos recontraten el siguiente semestre, pero preferimos no pensar en eso porque ninguna de nosotras tiene ahorros.

Entonces, antes de Camila todo estaba más o menos bien, yo me sentía casi conforme y habituada a mi rutina, tenía tiempo y energías para todo y podía sostener con mucha más convicción que la amistad era el vínculo más importante del siglo XXI. No necesitaba más. Ana y yo pensábamos que, si para nuestros papás todas esas cosas que deseaban eran accesibles, y que casarse y tener una familia les daba estabilidad, nosotras íbamos a tener que aprender de la estabilidad con las amigas. Envejecer juntas y todo eso. La complicidad que hicimos era más grande que cualquier ligue y que cualquier otra cosa. Me cuidaba y la cuidaba, el tipo de vínculo de una amiga que te detiene el pelo cuando vomitas, que te hace sopa cuando te enfermas, que te presta dinero cuando se te acaba a la mitad de la quincena porque te compraste un libro que llevabas mucho tiempo deseando, o unos zapatos que viste de oferta. Pero ninguna felicidad es para siempre, y todo valió verga cuando las dos nos enamoramos. Ahora yo ya valí más verga porque no solo me enamoré sino que me rompieron el corazón, ella está más enamorada que nunca y yo más sola que una lata abollada de chícharos en el pasillo del súper.

Cómo no me iba a enamorar así si fue ella quien me hizo las preguntas adecuadas, quien me enseñó que mi cuerpo era capaz de recibir una intimidad que yo no había conocido y fue ella la que me descubrió un mundo. El mundo de adentro, que puedo tener para mí y para compartir con alguien. A eso se reduce todo: preguntas y descubrimientos. Dejarse tocar, abrirse, levantar compuertas, hacer con las palabras compartidas una inundación. Pero ella no me engañó: me dijo estoy de paso, me dijo soy una visita, me dijo puedes recargarte en mí todas las veces que esté, pero no siempre voy a estar. Me dijo yo no creo en la monogamia. Me dijo qué lindos ojos tienes, nunca nadie me había hecho reír tanto. Me dijo sería lindo viajar juntas. Me dijo, por favor, no me pidas más.

Entonces recibo un audio de mi jefe; como no le contesté el mail le da ansiedad: que si ya terminé las correcciones para que todo se vaya a diseño, que si ya hice el artículo. Las correcciones sí, el artículo se lo mando mañana. En el camino, escribo en el celular algunas ideas para la nota. Cuando vuelva a casa, ya solo será ponerlas en orden y desarrollar ciertas cosas, nada distinto a lo de siempre. A las diez de la noche ya habré terminado la primera parte y mañana me levanto temprano para darle una última revisión antes de mandarla. Dos textos por semana. A veces tres. «¿Y el de la presa?», me pregunta. Otra vez no le respondo y guardo el celular como si eso me hiciera olvidar el tema. Cuando el autobús por fin pasa, sé que ya no alcanzo a firmar en la entrada. Es miércoles, dos días más.

El sábado me voy temprano a Cadereyta para llegar a la hora de la comida. Mamá me cuenta en un mensaje que hizo mole verde. Voy decidida, ahora sí, a buscar las fotos de La Vega que papá sacó y que tienen que estar por ahí, con suerte sobrevivieron.

Me alcanza en la central y lo primero que hago es sacar el tema de la presa. Ella, ya cansada de mis preguntas, cuenta que antes de la inundación, los niños iban a la rivera para desenterrar ranas o hacer patitos con piedras en el agua. Las niñas corrían entre los árboles o se quedaban un ratito a platicar, ellas tenían que irse antes porque les tocaba ayudar con la comida o con la limpieza después de clases. Ellos podían andar por ahí hasta más tarde. La limpieza que a ella la obsesiona ahora es tan profunda que tiene poco tiempo para ver afuera, no alcanza a registrar lo que sucede, no alcanza siquiera a mirarme. O no quiere hacerlo. Quizá es la primera vez en mucho tiempo que puede no ver a nadie más que a sí misma y a su tarea autoimpuesta, quizá por fin se siente dueña de algo, de su tiempo.

Sin demasiada atención me cuenta que con la indemnización una familia puso un Videocentro que luego no se llevaron a Bellavista. Todas las películas siguen bajo el agua junto con el olor a palomitas de microondas y las ganas de vivir un-día-a-la-vez de sus propietarixs. Poner un Videocentro en un lugar que iba a hundirse fue como insistir en quedarse, como insistir en que el futuro tenía que llegar ahí y no eran ellxs quienes debían irse para buscarlo.

La presa comenzó a operar el 27 de septiembre de 1996, catorce días después de que Bertha cumpliera un año, tres años antes del día en que murió la abuela Eloísa. Conecto los puntos en mi cabeza para no pensar que contar todo esto es aleatorio y azaroso. Cada gota del progreso que trajeron con esa construcción está presente en la familia y en la historia que nos hizo. No sé si estoy autorizada para contarla y reconstruirla con tantas invenciones, pero siento también que hay algo en ella que me funde y algo que se trata de otra cosa que no alcanzo a distinguir. Si la comparto, a lo mejor alguien encuentra la respuesta y me la da, como en los exámenes en los que Aurora te iba pasando las soluciones de matemáticas en la goma de borrar. Siempre que hay un hueco intento llenarlo con palabras aunque eso signifique a veces mentir, a veces aumentar, a veces obviar lo más importante. Estoy escribiendo de ti, Irene, y para hacerlo escribo de una presa.

En otra de las fotos, todas llevan los ojos pintados de azul, un rubor muy marcado y los labios bien rojos. ¿Quién las habrá maquillado? Mamá seguro no, porque no estaba ahí, y porque además le chocaba que las niñas anduvieran pintadas. Los pómulos se los colorearon con betabel, el labial era uno de esos que te dejaban la piel chiclosa y se te pegaban a los dientes. Son ocho niños y diecisiete niñas. Una no bailó porque no alcanzaron a comprarle el traje, entonces cada uno tiene a dos niñas al mismo tiempo. Ellos debían dar la vuelta, sonreír a un lado, sonreír al otro y coordinar los pies para no chocar con ninguna de las dos. De eso también hay un video en el que la música se escucha mucho más vieja de lo que es porque la cinta se apretaba luego de tantos ensayos. «El Querreque» se desafina mientras sus pies con huaraches de suelas de llanta intentan despegarse del suelo de cemento y hacer el mayor ruido posible, que sale disparejo y nervioso. Casi todos los niños están viendo para otro

124

lado, ustedes trastabillan, se buscan para imitarse; no saben qué hacer.

Cuando a Aurora se le cae el moño de estambre, tú dejas a Uriel y a Mayra y corres a levantárselo, tardan medio minuto en volvérselo a poner mientras mamá se infarta porque te distrajiste del baile. Cuando digo tu mamá, estoy diciendo también tu maestra. Como tu padrino, el profe Francisco, era el director de la primaria, decidía siempre que lxs hijxs de maestrxs tenían que estar con sus padres o con alguien de confianza.

Él, en cambio, no lo hacía y había decidido que su única hija fuera a la primaria privada en Cadereyta, aunque él estuviera en El Palmar. Ustedes la veían poco, les caía mal porque se sentía la gran cosa por ir a esa escuela y casi nunca les hacía caso. Ni Fabi ni tú tenían un segundo sin que alguien las estuviera vigilando. A la primera de cambios, las llevaban a la dirección por casi cualquier cosa. El profe Francisco decía que tenían que dar el ejemplo porque «qué vergüenza que las hijas de lxs maestrxs no supieran comportarse». Las llevaban a las juntas y las dejaban irse a jugar mientras ellxs discutían temas de la escuela. A veces se quedaban cerca y fingían no escuchar, así se enteraban de las fechas de los exámenes, de los problemas con lxs tutorxs o de las actas de nacimiento que algunas mamás falsificaban para que sus hijxs ingresaran a primer grado teniendo solo cinco años, pues no valía la pena que esperaran un ciclo escolar entero si ya sabían contar, escribir su nombre y trazar la mayoría de las letras.

En la orilla de esta foto aparece un pedazo de una camisa vaquera rosa de hombreras con estampado de pinceladas moradas y amarillas que te encantaba, no podías dejar de verla y tampoco podías dejar de ver a la maestra Tina, que la traía puesta. No se distingue su cara pero usaba el cabello muy corto, peinado hacia atrás con gel, y tenía la mirada hosca. Si la hubieran visto en el festival habrían pensado que no se reía nunca, en realidad cada que estaba en algún lado se notaba por sus carcajadas y las que provocaba en todas las demás personas. Se albureaba a los profes y a las maestras les hacía chistes sobre sus maridos impotentes. Entre los dedos espigados casi siempre sostenía un cigarro. Tina tenía las uñas cortísimas, sus manos se movían con una agilidad insólita, una que tú no reconocías en nadie más. Siempre usaba zapatos de agujeta y pantalones a la cintura, incluso cuando se pusieron de moda los jeans a la cadera y dejaron de vender los acinturados en el mercado. Los suyos venían del pasado o el futuro, no sé, pero de una época que no era esa, como si fuera un exceso al mismo tiempo colorido y denso.

Muchas veces la viste con la maestra Daniela: «son tan amigas que viven juntas», decía papá con una incomodidad que tú no sabías descifrar. Se acompañaban a todos lados, solo se separaban para ir a trabajar, Tina en El Palmar y Daniela en Cadereyta. Ellas vivían en el veinticinco, tú en el ocho, y a veces te las encontrabas cuando te mandaban a la tienda. Daniela te saludaba muy cariñosa y te regalaba mazapanes. Un día la viste embarazada y nadie supo decir cómo había pasado. En la escuela, las maestras barajaban posibilidades en la fila de los honores, hablaban bajito y muy rápido, tú las alcanzabas a escuchar. Lo que más deseaban es que se fuera con el papá del bebé y se inventaban historias en las que Daniela se regresaba a Colima, de donde era, y Tina se iba atrás de ella para ayudarla después de dar a luz. Decían que por aquí las amistades intensas se veían muy mal y que, si no querían que nadie hablara, lo mejor que podían hacer era irse a la ciudad, donde nadie las conociera o pasaran desapercibidas.

Un día las viste columpiando al niño en los juegos. Se miraban y sonreían cómplices. Daniela usó la palabra *odisea*: es toda una odisea para este niño salir a jugar al parque. No entendiste a que se refería pero le diste las buenas tardes y le sonreíste. Querías regalarle la pelota que traías y no te animaste a hacerlo. Tina te pidió que le saludaras a tus papás pero tú no pasaste el recado, sabías que no lo iban a recibir bien. ¿Fue ahí cuando te diste cuenta de que tú también tenías que irte, Irene?

Esa es la historia que cuenta la foto pero ahora voy a contar la historia que quiero que te haya sucedido. Es el mismo festival. Lxs mismxs niñxs. Pero ahora se dividen y hay cinco parejas de niña con niño, dos parejas de niño con niño y unx que baila solx. Cinco niñas con niñas y una que no baila porque se dedica a ver que lxs otrxs lo hagan bien y soplarles los pasos desde el fondo de la cancha. Uno de los niños que baila con otro es Niv. Niv es el hijo de la cronista municipal, tiene una papelería a la que tú ibas por monografías para hacer la tarea cuando se te olvidaba comprarlas saliendo de tu escuela. A veces estaba Niv y te atendía pero nunca se hicieron plática. En este recuerdo no podría estar porque él iba a la escuela de Daniela y la foto es en El Palmar.

Muchos años después vamos a coincidir dando clases en la prepa y nos haremos amigxs. Él me dice cuando nos reencontramos que tiene cicatrices de risas en su espalda, que de regalo de Reyes pidió unos patines rosas y se los trajeron pero los niños más grandes le zafaron las ruedas. Dice que nunca se te acercó porque pensó que tú no ibas a querer ser su amiga, yo le digo que no le hablabas porque no te dejaban tardarte en los mandados y porque te sorprendían sus shorts cortísimos, sus playeras coloridas y su forma afeminada de extender las manos. En esta imagen no está y yo quiero que esté.

En tu nuevo recuerdo, Tina aparece de cuerpo entero tomando de la mano a una Daniela embarazada. Nadie comenta sobre ellas en ninguna fila de los honores, el niño no vive ninguna odisea para salir a jugar, más que las que inventa él, porque nadie lxs mira raro y sus mamás no tienen que estar pendientes todo el tiempo. Ahora sí le regalas tu pelota cuando lo encuentras. La pelota tiene impreso un arcoíris enorme y él lleva el cabello largo. Tina y Daniela lxs invitan a cenar con ellas y papá y mamá llevan el postre. Esta es la foto en la que son felices. Aquí, en esta foto que no existe, tú puedes ser un poco más tú y puedes no desaparecer para que yo exista, Irene.

En la siguiente imagen tienes unas alas de tul con diamantina, leotardo negro y zapatillas doradas. A Gaudencia, Güencha le decían de cariño, mamá le pagaba trescientos pesos por estar pendiente de ti mientras ella seguía trabajando. Ese día te llevó al desfile de la primavera y, cuando terminaron, usó las alas como pantalla del foco de su cuarto. Aquí te toma del brazo y te pide que sonrías. Enseñas los dientes sin ninguna gracia. Es un año después de los vestidos de hawaianas y como cuatro antes del concurso en Bellavista. Saliendo de clases, te ibas con ella a esperar a mamá en la tienda que tenía una mesa con dulces, chocolate Paquín y refrescos Victoria. A veces tocaba matar gallinas y se esperaba a que tú llegaras para degollarlas. Echaba la sangre al sartén con aceite hirviendo justo cuando entrabas, para que supiera fresca a la hora de comer. Ya que estaba dorada, la ponía en una tortilla con salsa verde y te la acercaba, tú disfrutabas eso crujiente que hoy seguro a mí me haría vomitar. Otros días conseguía xamues o efeces que se comían con frijoles. O ponían a cocer los elotes que su mamá traía de la milpa, cada año menos jugosos.

Cuando te empezó a cuidar, Güencha tenía quince años; tú, tres, y a nadie le pareció mal que una niña se hiciera cargo de otra. A veces llegaba José a visitarla y ella te pedía que si su mamá preguntaba quién había ido, le respondieras que su primo Ezequiel, no quería preocuparla ni que le prohibiera las visitas; su peor pesadilla era que Güencha se convirtiera en mamá soltera. Ella pudo esconder a su novio un par de años y se lo confesó a su mamá hasta que ya estaba prometida. Cuando finalmente se casó, empezaron a asustarla muchas cosas. Lo quería pero algo cambió. Le daba miedo que se fuera y dejó de dormir. A ti ya no te dio permiso de ir al bordo, que quedaba enfrente y en temporada de lluvias estaba repleto de sapos que salían a nadar en el agua estancada. Te hablaba del desborde aunque eso nunca había pasado. No quería quedarse sola, lo que era raro porque desde muy chica pasaba mucho rato sin hablar con nadie. Estaba enamorada y lo único que necesitaba era estar siempre cerca de José. Ya no jugaba contigo y en la tienda dejó de fiar.

A la hora de comer ponían la tele, escuchaban resúmenes de noticias. En alguno salieron cosas como que un grupo armado tenía tomados cuatro municipios de

Chiapas, en su mayoría indígenas. El encuadre del conductor deja fuera todo lo importante. Este sábado comenzó otra etapa en el desarrollo de México al entrar en vigor el Tratado de Libre Comercio con América del Norte. Un grupo de personas grita consignas inentendibles ahogadas por la edición, apenas un par de segundos. Todo lo que vemos son rostros encapuchados, uno de ellos dice: «Nosotros lo que estamos pidiendo es que se revise el tratado, eso es lo que pone los pelos de punta al gobierno federal. Cómo van a hacer eso. Cómo un indígena que ni siquiera sabe hablar español va a decirle al presidente que el proyecto de su sexenio no lo tomó en cuenta para hacerle un ataúd, en el mejor de los casos». Todo se vuelve un fundido en blanco. Aparece el presidente haciendo una declaración con tono de orador formado en una universidad extranjera: «Este no es un alzamiento indígena, sino la acción de un grupo violento, armado, en contra de la tranquilidad de las comunidades, la paz pública y las instituciones de gobierno. Es decir, en contra de lo que los mexicanos, durante tantas generaciones y con tanto esfuerzo, hemos construido, y que por eso tanto apreciamos. Lo que hacen es seguir acciones desacreditadas. En los países donde así ha sucedido solo han conseguido destrucción y retroceso». Güencha te contaba cuando veían esas noticias que le gustaría conocer el rostro detrás del pasamontañas y se lamentaba de que Chiapas quedara tan lejos, que si estuviera más cerca, a lo mejor José se iría con ellos y no al norte. Está embarazada cuando él, un 18 de febrero, le dice que su primo, el tal Ezequiel, le consiguió camino en una camioneta que va para Florida. Al día siguiente matan a la puerca y hacen unas carnitas para despedirlo. Nunca viste que le diera un beso.

La última vez que fui a El Palmar, la mesa de dulces en la tienda estaba casi vacía, igual que todos los estantes que antes tenían latas, paquetes de galletas o botes de limpiador para pisos. El negocio ya no funciona; de todas formas, Güencha abre cada día, pero obtiene el mayor ingreso de irse a vender fruta y verdura los domingos en Cadereyta, donde la saludo cuando voy al tianguis a comprar barbacoa.

Insistir, insistir, insistir, hacer la rutina esperando que esa rutina sea la que nos sostenga, continuar lo que nos enseñaron: Güencha ya tiene unas nietas a punto de salir de la primaria.

Había cogido varias veces con morras pero la verdad es que nunca había usado un dildo. La primera novia que tuve —algo de apenas un par de meses, nada serio y, sobre todo, nada trascendente— me dijo que no creía en la penetración y que la idea le daba la sensación de estar invitando a la cama a un hombre y su validación fálica. Me sentí incomodísima por habérselo propuesto y jamás lo volví a intentar, ni con ella ni con nadie. Después, salí con una chica que solo me tocaba y que me alejaba a besos cuando yo me acercaba a su vulva, de manera que no se sintiera tan violento pero era claro que no le gustaba y yo no busqué pasar ese límite. Con las demás, todo fue muy casual y no llegamos al momento de compartir tanta intimidad y explorar nuestros deseos. Me limité a tener el dildo de *Sailor Moon* para usarlo conmigo misma y, cuando pude ahorrar un poco, comprar el Satisfyer, pero empecé a sentir culpa, ¿por qué, si ya no me gustaban los hombres, me seguía gustando tener algo duro adentro? Por eso, cuando Camila me enseñó su colección de dildos y arneses, sentí que durante mucho tiempo me había estado perdiendo de algo.

Mi favorito fue uno verde que brillaba en la oscuridad y tenía dos partes, una más larga que la otra, que tenía forma de pera. Le propuse usarlo. «¿*Top* o *bottom*?». Me preguntó y yo dudé. «¿Activa o pasiva?». «Sí, yo sé lo que significa, pero no sé qué soy, ¿qué eres tú?». «Lo que vos quieras». Primero me dejé hacer, rozó suavemente mi clítoris con el dildo mientras movía las caderas, despacio, como buscándome, como probando también lo que yo quería, dejando que me fuera abriendo de a poco. Después se movió mucho más rápido, con más fuerza, hasta que, de tan mojada, el dildo entró solo y me llenó. La primera estocada fue intensa, no la planeamos; entró mucho más profundo que cualquier otra vez con cualquier otra persona. A las siguientes empecé a controlarlo yo para que tocara en el punto adecuado y me fui moviendo en círculos, de tanto en tanto volvía a llevar el dildo hasta muy dentro. A veces era ella quien lo hacía y me sorprendía con un placer doloroso. A veces era yo, que había encontrado en ese juego un tipo de tortura diminuta. Y su mirada. La forma en que ella me deseaba me hacía desearla yo también, verme en su deseo me acercaba más al orgasmo. Y cuando sentíamos que estaba a punto de pasar, ella salía abruptamente. No iba a ser de inmediato, no teníamos prisa.

Nos aprendimos el ritmo. Ella me tomó de la nuca y me jaló hacia sus pezones al tiempo que me cogía; succionarlos mientras sentía la vagina tan llena me daba la sensación de estar completa, completísima. Pero tenía más para ofrecerme, después con los dedos empezó a rodear mi vulva y luego me pidió que me tocara yo cuando ella metía la mano en mi boca mientras me llevaba la otra mano a sus tetas, que no me cabían en la palma. Sus tetas que con ropa se veían mucho más pequeñas, disimuladas, escondidas, ahora que me cogía se expandían para no caberme. Quería comérmelas y quería también sentir su boca entre mis dientes y quería también chuparle la concha y quería penetrarla y quería que me penetrara. Todo su cuerpo estaba atendiendo mi placer, todo su cuerpo me lo daba. Iba hacia mí y yo la recibía inundándome, abriéndome más, enrojeciendo. Toda yo era recibirla. Toda yo me ensanchaba, me hubiera cabido ella entera, hubiera podido meter todos los dildos al mismo tiempo por todos lados, si ella hubiera querido. Y luego, cuando el placer fue tanto que empezaba a anestesiarme, la sentí moverse distinto y me lo pidió: «vente ya». Era una orden y era también un ruego. Pero era sobre todo una orden de ella sabiendo que era lo único que me faltaba. Obedecí.

Apenas terminé y tomé aire un segundo, me preguntó: «¿Querés probar vos también?». Dudé un poco cuando ella estaba sacándoselo y sin preguntarme me lo puso. Otro golpe de placer hasta que me acostumbré a la sensación distinta, menos profunda y más ancha, y quise penetrarla. Mis movimientos torpes la hicieron reír al inicio, hasta que me tomó por la cintura y fue moviéndome mientras gemía cada vez más. A ella le gustaba rápido, muy fuerte y luego más rápido y más fuerte; me pidió mordidas, me pidió rasguños, «jálame el cabello», me pidió. Y yo lo hacía todo, tímida al principio, pero sus gemidos me iban indicando la fuerza, la tensión para aplicar, hasta que la sentí tan indefensa como yo había estado antes, hasta que supe que yo decidía lo que ella iba necesitando, y de tanto sentirla pude reconocer el momento exacto en que estaba acabando. Terminó con un grito largo que salió de muy profundo y, luego de sacarnos el dildo, nos abrazamos de frente. Acostadas las dos en la cama, nos besamos el cuerpo entero, nos acariciamos y comenzamos a platicar de cualquier cosa, hasta que nos dieron las cinco o seis de la mañana.

El resto del fin de semana los probamos todos, sentimos sus texturas, sus vibraciones, el deseo que nuestros cuerpos configuraban. Me dio nalgadas y le mordí los pezones cada vez más fuerte, hasta que me detuvo y me dijo que necesitábamos una palabra de seguridad. «Azul», le dije y ella enseguida la repitió. «Azul», dijo, y suavicé las mordidas, pero no demasiado, apenas un poco. Ella pasó a chuparme la vulva, besos suaves que aumentaban en fuerza hasta que era una succión profunda, que detenía apenas para respirar y continuaba. Me hizo crecer el clítoris hasta un tamaño que no recordaba haberme visto, el clítoris saliéndoseme de los labios, erecto, firme y muy hinchado. Lo chupó después como si fuera un pito. Y luego me puso el arnés, yo nunca había usado uno. El cuero me rozaba la entrepierna al principio, pero después de ajustarlo bien empecé a sentirlo como una extensión de mi cuerpo, una extensión con aplicaciones metálicas y un dildo enorme que después montó: arriba y abajo, con calma y con prisa, siguiendo siempre el ritmo que nos inventábamos. Me rasguñó la espalda, le chupé las tetas hasta llenarla de pequeñas marcas, como derrames de un río rojo que se le acercaba a los pezones. Ambas sentadas, mirándonos de frente, nos sentíamos lo más cerca que pueden estar dos personas. Camila era una lluvia tibia que pronto se convertía en granizo golpeándome, dejándome escondida bajo hielos diminutos, inundada. Escuchar su nombre en mi boca mientras me venía, me hacía saber cuánto de mí conocíamos en ese momento. Cambiamos de posición muchas veces, lo intentamos y fallamos con algunas, volvimos a las fáciles, a las que ambas conocíamos, nos poníamos ropa apenas para salir a buscar algo de comida, y volvíamos. Nada de lo que hubiera afuera sonaba más interesante. Ella me descubría a mí un poco más de lo que yo la descubría a ella, que ya sabía cómo tocar su cuerpo, cómo pedir que lo besaran, en qué parte exacta detrás de la oreja y en qué sitio detrás de los muslos, justo debajo de las nalgas. Pero sobre todo nos reímos mucho. Su risa me hizo sentir que tenía que suspender el resto de mi vida.

En la mañana fuimos al Tepe por quesadillas y después alcanzamos a lxs demás en El Petras, tomadas de la mano. Las señoras que salían de misa se persignaban cuando nos veían.

En diciembre todas estrenaban bolsitas para los lápices, playeras o mochilas de colores que no vendían aquí. Todas menos tú. Todos esos objetos coloridos y de materiales baratos pero relucientes se los traían a ellas del norte. Envidiabas los tenis de lucecitas y los cuadernos de pasta con brillitos que les regalaban a Mónica y a Mayra. Te gustaba todo lo que se encendía, todo lo que les ponía en las manos algo de alegría en medio del salón polvoso y los libros de texto ya recortados y rayoneados a la mitad del ciclo escolar.

Cuando mamá estaba tirando todo, en una caja del estudio me encontré uno de los lápices que te regaló Aurora. Es morado y tiene hologramas de flores, está completamente nuevo. La goma ya está reseca y cubierta de una especie de polvo blanco. Tiene más o menos quince años guardado porque papá lo vio y te dijo que era muy bonito para usarlo. Así hacía siempre él, guardaba lo mejor para unos días que no iban a llegar y luego la emoción se le iba y terminaba olvidándolo.

Estaba en un cajón junto con las crayolas que una tía te trajo acompañadas de un perfume de la Sirenita y un collar de eslabones en forma de Mickey Mouse. Tus amigas usaban objetos que parecían salidos de las películas del canal cinco: juguetes, peluches y ropa con marcas que aquí no se vendían. Todo lo que usaste cuando eras niña, Irene, lo perdiste.

Después de hurgar entre las cosas que mamá quería sacar a la basura, me animo por fin a preguntarle de las fotos de La Vega que tomó papá. «Ay, las tiré», me responde incómoda, «¿para qué quieres fotos de un lugar que ya no existe?».

Yo estoy segura de que siguen en algún lado. Cuando se va a dormir, me meto a buscar entre las cajas, el ruido la despierta aunque ella disimula revolviéndose en la cama, igual que tú cuando lxs escuchabas pelear en el carro.

Nunca he sido la más cautelosa ni la más callada: se me caen los documentos, una caja se desfonda, las luces de Navidad chocan contra el suelo y seguramente se funden. Eso me han dicho que hago a veces con la luz, la impido para siempre en el momento en que nadie se da cuenta. En el último paquete encuentro apenas dos fotos. Esconden más de lo que me enseñan. Unas montañas, agua y un puente colgante delgadísimo en lo alto. No aparece ninguna persona y no aparece tampoco el pueblo. Sé que había otros negativos, pero como eran de mi papá es probable que sí estén en la basura. Mi mamá quiere deshacerse de todo y yo se lo celebro y agradezco. Bertha quiso quedarse con unos pocos recuerdos de él que se llevó a su cuarto hace unos años, el resto se quedó aquí esperando que alguna de nosotras decidiera qué hacer con ellos. Él tampoco se animó a venir, odia este pueblo tanto como llegó a odiarse a sí mismo, y esta casa para él no es mucho más que el registro enorme de algo que pasó y fracasó. Borrón y cuenta nueva, se fue ligero de equipaje y dejó incluso las cosas que tuvo antes de que ustedes tres existieran en su vida.

Aurora iba de Bellavista a El Palmar todos los días junto con sus hermanos. Se levantaban a tomar el autobús de las seis de la mañana y estaba en la escuela casi una hora antes de la hora de entrada, limpísima, oliendo a brillantina Palmolive y crema Hinds. Si tú llegabas temprano, alcanzaban a sacar las Barbies un rato y las ponían a hacer el desayuno para los Kens que tenían que irse a trabajar.

La mamá de Aurora no quería que sus hijxs estudiaran en Bellavista porque ahí iban lxs hijxs del que había matado a su tío. Así que mejor les enseñó a madrugar, no estaban tan lejos y eso les iba a servir para aprender a ser disciplinadxs y puntuales, según les decía. Aurora no llegó tarde ni una sola vez.

Fabi y tú también viajaban, pero para ustedes era mucho más fácil, se iban en el carro con sus papás y, cuando alguno de ellos tenía que quedarse en Cadereyta a hacer trámites en la oficina de la SEP o ir a preguntar algo a la presidencia municipal, otro de los papás las recogía a todas. Esos eran los días más divertidos, porque podían viajar juntas. A la hora de la salida, Fabi y tú volvían en autobús con tu mamá y en el camino pasaban a comprar conchas calientitas, helados de guamichi o gorditas.

El papá de Aurora mandaba dinero cada mes y, más por costumbre que por éxito, la mamá seguía intentando hacer producir el pedazo de tierra que les habían dado en lugar de parcela en La Vega. No había caso, era necesario preparar mucho el terreno para luego recoger unos maíces bien chiquitos. Los primeros dos años, los hermanos de Aurora ayudaron en la faena, después su mamá prefirió mandarlos a la secundaria. Se sentaban en los pupitres, con sus uniformes verdes, a memorizar unos verbos en inglés que transcribían al cuaderno según su pronunciación: tu bi, tu guant, tu trai. Lo necesario iban a aprenderlo del otro lado y no le veían mucho sentido a esforzarse acá. Tenían unas novias a las que querían ir a besar al bordo lo más pronto posible y ya. Sabían que se iban a ir y que era cuestión de tiempo para que su papá se animara a cruzarlos también, ellos se lo pedían en cada llamada telefónica y él les daba largas.

Como tu papá tenía doble plaza, a veces te dejaban quedarte un rato más e irte con él cuando acababa las clases de la tarde. Esos días, Aurora se quedaba a esperar a sus hermanos, que jugaban en la cancha. A las cuatro o cinco de la tarde, el sol se tapaba con la canasta de basquetbol y alrededor le quedaba un halo anaranjado intenso. A esa hora era muy difícil anotar porque la luz no les dejaba ver para apuntar a la canasta; entonces se preparaban para volver y tú te quedabas un buen rato todavía. Cuando ellxs tomaban el camión tú ibas con Güencha y le pedías que te dejara hacer la tarea en su mesa, ella te ofrecía refresco y chicharrón con cueritos que a mamá siempre le daba mucho asco porque decía que la verdura no estaba lavada.

A la hora que salían lxs de la tarde, regresabas a esperar a papá en el carro caliente que apestaba a restos de comida echados a perder de su almuerzo. En el salón tenía una parrilla eléctrica en la que calentaba lo que mamá le había mandado pero no lavaba los trastes, esos te tocaban a ti cuando llegabas. Perdiste la cuenta de las veces que vomitaste con el olor descompuesto.

Todas ustedes tenían una historia escrita con pocas posibilidades de cambio y la vivían sin ningún drama. Si una se dejaba llevar ya sabía qué le iba a tocar en la vida. Aurora, Mónica y Mayra iban a tener un novio que se iría a Estados Unidos y llegarían pronto a la edad en la que dejarían de ponerse pantalón y comenzarían a usar faldas debajo de la rodilla, blusas guangas y mocasines negros. Con suerte, Fabi y tú iban a terminar siendo maestras igual que sus papás, Fabi quería enseñar en preescolar porque le caían mejor las niñas chiquitas, aunque los niños de esa edad la desesperaban. A las dos les iba a tocar trabajar primero lejos y luego ir acercándose poco a poco a Cadereyta. Era como si nada más se tratara de esperar a tener la edad correcta para ciertas cosas y para cambiar de roles, pero siempre en el mismo lugar. «Ubícate en tu realidad», te decía mamá cada que le inventabas que querías ser cantante, actriz o dedicarte a escribir. Crecieron aprendiendo de límites y quizá por eso cruzar la frontera era un sueño, todo lo que deseaban que pasara estaba lejos, afuera, en otro lado.

Para los niños, en cambio, se trataba de irse lo más pronto posible: los hombres espaciaban las vueltas por lo difícil que era conseguir papeles, casa nueva o un trabajo en el que les pagaran el mínimo. Algunos, como el papá de Aurora, sí volvían cada año; otros, se iban olvidando hasta de llamar por teléfono y un día dejaban de mandar dinero. Los hermanos de Aurora querían volver cada quien con una camioneta y ahorros para construir sus casas, iguales a las que veíamos en la tele, iguales a las que construyeron sus papás en Estados Unidos para familias que a todos les decían José y si se accidentaban los corrían. A cambio de hombres, regresaban baratijas y ropa de marca en las pacas donde hurgábamos los domingos de tianguis. En El Palmar casi todo estaba en obra negra y se activaba un poco cada año, cuando ellos volvían y levantaban una barda, echaban un colado o agregaban marcos a las ventanas. Las casas enormes a veces se sentían como un pretexto para no terminarlas nunca, volver a irse y luego, de regreso, tener un espacio hostil del cual huir lo más pronto posible. Mientras, las mamás batallaban con el polvo y la lluvia que se metía por todos lados, y ustedes jugaban a la comidita en los cuartos a medio hacer. Aprendían a habitar lo inacabado como si reluciera, a ser ustedes algo de color entre lo gris y la tristeza de las mujeres que no sabían cómo acompañarse.

Más de un mes llevo en la imposibilidad de mandar mi reportaje. Un fin de semana tras otro, cuando visito a mamá, me prometo que ahora sí, que ya casi, que regresando a Querétaro me pongo a escribirlo, si total las ideas ya están en mi cabeza. Tengo las fotos listas y editadas y algunas anotaciones en el cuaderno. No encuentro lo que quiero contar y las largas que le doy al licenciado suenan cada vez más inverosímiles. No es que realmente urja, sino que él se comprometió con un político amigo suyo a sacarlo antes de las elecciones, quiere quedar bien con algo que muestre cuánto ha crecido la infraestructura turística en la zona. Al licenciado le encanta pensar que su semanario tiene mucho más impacto que el de un periódico usado para envolver cosas o limpiar los vidrios de las casas de las señoras del centro. Me lo encomendó como una tarea especial. «En nadie confío tanto como en ti, Irenita». Me dice eso pero significa lo haces tú o lo hago yo, y a él eso de escribir no se le da tanto como hacer relaciones públicas y conseguir patrocinadores, así que está en mi cancha. Va perdiendo la paciencia y no sé cómo explicarle que yo también, que no puedo seguir investigando y que me siento hinchada de todo lo que he encontrado. Él no quería que yo fuera a lo profundo de las aguas negras, quería ver solo la superficie reluciente, las lanchas para dar un paseo, los kayaks de adolescentes haciendo carreritas, el pescado frito con ajo. Nada de lo que yo veo, nada de lo que encuentro. Quiere que me borre o me haga a un lado, que corra el foco. Y sé que es lo que debería hacer pero no puedo. Todo es más grande y abrumador que lo que imaginé cuando empecé y mamá se burló de que tuviera que ir a pasar la noche a un campamento en medio de la presa. Ella ha insistido en borrar, en borrarse de ahí, en hacer como que esa historia nada tiene que ver con nosotras. Yo, que no sé destrabar sus mecanismos, la imito. Borro una y otra vez, y sigo con la página casi en blanco aparte de la descripción: «A poco más de cincuenta minutos de la ciudad de Querétaro, se encuentra el Campamento Ecoturístico La Isla».

A Camila la idea de ir a la presa le entusiasma, porque hace mucho que no ve agua, y porque no ha salido mucho de la ciudad desde que llegó. Mis razones para ir son otras, pero no las digo. No quiero arruinar un paseo común con mis preguntas, con lo que recuerdo, con eso que quisiera saber para poder escribirlo. Quiero contar algo que de tan olvidado parece que no sucedió y que, por otro lado, me constituye. Hay una presa construida sobre tres pueblos. Esa presa cambió la geografía e inundó el semidesierto tan mío, tan nuestro, con unas ideas de progreso venidas de una política salinista falsamente preocupada: ese PRI de magnas obras, monumentos, estelas enormes con la palabra «Solidaridad» modelada en concreto. Todo fue demasiado rápido y no alcanzamos a reaccionar. Tú tenías menos de diez años, ¿qué ibas a poder hacer? Fue por ese futuro de un rato acompañado con la promesa de una casa propia que nuestra familia en formación decidió quedarse en Cadereyta. Mientras eso pasaba, los pueblos alrededor eran cada vez más pobres y las ilusiones de tus papás por cambiar el mundo desde un salón de clase se iban desvaneciendo entre documentos por llenar, concursos de carrera magisterial y desilusiones sindicales. Eso pasaba mientras tú crecías pensando que bastaba esforzarse lo suficiente para lograr lo que te propusieras y mientras también creías que la ilusión de los muchachos por irse al norte era tan simple como una moda.

Esto pasó mientras ibas llenándote como de agua sucia. Te hinchabas, te crecieron los pechos y las caderas y tú no querías pero llevabas dentro el agua, dentro llevabas todo lo que te hacía flotar, dentro de ti todo lo que te hacía moverte como esos juguetes de agua con aceite azul en los que nadaba algún pez de plástico, uno de esos juguetes que agitabas como un tsunami hasta hacerlo emulsionar y el pez no sabía a dónde moverse porque el pez era de plástico y no estaba vivo. Tú en cambio eras una niña viva, muy viva, a punto de enfrentarse a seguir siendo una niña sin saber dónde poner la extrañeza en tu cuerpo, estabas a punto de no aprenderlo y de no poder con tanta realidad y de no poder con que nadie se sentara a tu nivel y te explicara y te dijera: esto es lo que está pasando pero tú estás a salvo, porque no estabas a salvo y nadie pensaba que pudieras estarlo. Nadie pensaba tampoco que estuvieras en peligro. No necesitabas nada extraordinario para aprender a tener miedo, Irene.

Ahora quiero contar esto, no como te pasó, sino como me gustaría que hubiera sido o como me hubiera gustado que lo entendieras en ese entonces. Todo lo que sucedió, vuelto a contar, sucede de nuevo.

Despertamos y siento algo como una tristeza larga que no alcanzo a entender qué es, si todo está bien. Seguimos pensando lo del viaje a la presa y le cuento a Camila un poco sobre mi investigación. Ella escucha atenta un par de minutos y luego empieza a husmear entre las cosas que tengo en el escritorio. Encuentra el álbum de fotos y lo hojea, se ríe de tus fotos de bebé encuerada a la que bañan con una manguera en el lavadero. Le llama la atención una en la que estás sentada en la escalera, con un traje tejido lleno de sangre y un sombrero de niña maceta.

Ese día te caíste de las escaleras estrenando esa ropa que te había hecho la abuela Eloísa y que nunca pudieron desmanchar. Ahí ya no lloras pero papá quiso tomarte una foto para después enseñársela a la abuela y que se diera cuenta de cómo eras de descuidada. Como siempre, tenías que echarlo a perder demasiado rápido: las manchas en toda tu ropa eran la confirmación de eso que decían mamá y papá: eras desatenta, descuidada, sucia. Aunque te bañaras eras sucia, aunque te tallaras la piel hasta enrojecerla, aunque te pusieras la loción de papá, olías a sucio; tu olor y tu apariencia, tus movimientos toscos, te daban miedo. «Una niña decente cierra las piernas cuando se sienta», «una niña decente no se agacha así», «una niña decente no agarra así los cubiertos, no come con las manos, una niña decente no come postre dos veces, una niña decente no escucha conversaciones de adultos, una niña decente no le responde de esa manera a sus mayores, una niña decente se queda calladita». Una niña decente: dos cosas que tú no querías ser. Dos cosas que nadie te había enseñado y que, estabas segura, no le molestaban a tu abuela, que nunca quiso que fueras algo que no eras, que te movieras con delicadeza o que respondieras con gracia a lo que te pedían. Papá y mamá, en cambio, todo el tiempo te hacían sentir incómoda contigo misma, sobrante, quizá demasiado extendida: muy ancha, ocupando demasiado espacio, siendo incómoda. Llevabas varios días sintiéndote mal porque en tu cumpleaños papá y mamá se habían ido no sé a dónde y no se acordaron, te dejaron encargada con la abuela. No parabas de llorar, era tu cumpleaños y querías que todo se tratara de ti. La abuela insistió en que ellxs seguro llegaban a la hora del pastel, que tuvieras paciencia, pero nadie llevó ninguno. Ella, además del traje tejido que ensuciaste en la primera puesta, te tenía otro regalo. Sacó una caja que medía como cuarenta centímetros, envuelta en un papel color azul con banderines rosas. «Ábrelo», te dijo. «¿Ahorita ya?». «Sí, para que no llores». Igual seguías teniendo lágrimas que mojaron la envoltura que después pudiste apartar muy fácil. Adentro había una Barbie y un Ken piratas que tenían tres hijitxs: una niña, un niño y un bebé: una familia de plástico con ropa que combinaba entre sí.

—Si te dejo dormir con ellos, ¿tú crees que todo esté bien?

—No, pero sí tengo sueño, abue.

Amaneciste con los cinco muñequitos cerca, tus papás no habían llegado. Pero estabas acompañada. Los llevaste muchas veces para jugar con Fabi y Aurora en la escuela.

Le cuento a Camila algo de esa vida que le queda muy lejos y la intriga. Le platico que a veces te quedabas en los escalones de arriba cuando te mandaban a dormir para poder seguir escuchando. Desde ahí veías las sombras de lo que pasaba en la sala y, si no te movías mucho, nadie te descubría. Escuchaste así cuando mamá le decía a papá que te habían invitado al cumpleaños de Aurora y él respondía que no, que estabas creciendo y eso ya era peligroso, que no te iba a dejar. Conforme se sentía más incómodo con su vida, el miedo por todo le aumentaba, no sé si era algo que tenía escondido desde hacía mucho y el esfuerzo por ser feliz se lo había disipado o fue al contrario, que con su infelicidad vino la sensación de interrumpir los intentos de las demás personas para ser felices. De pronto cosas insignificantes como comprarte un *scooter* o una patineta se volvieron una amenaza terrible, que mamá y tú fueran a visitar a la abuela Esther en autobús también estuvo prohibido, o que usaran liguitas para el cabello porque alguien le dijo que estaban hechas de condones usados. Cuando papá dejó que el miedo se desbordara, la casa se convirtió en un lugar silencioso en la que solo él podía tener la televisión encendida en el canal que él quisiera. Si alguien más la veía y él llegaba, había que pasarle el control remoto y dejarlo decidir. Había que jugar bajito y, de preferencia, no jugar, sino hacer lo que él llamaba cosas de provecho: leer, pintar, hacer cálculos y experimentos para construir una montaña rusa que soportara el peso con trenecitos de plástico y vagones capaces de subir pendientes. Se trataba de llevarlo todo a un límite pero siempre contenido y seguro y, sobre todo, de llevarlo a ser funcional aunque la máquina se esforzara de más hasta descomponerse. Cuando eso pasaba, te decía que tenías que aprender a ser más cuidadosa y valorar lo que tenías, que no sabías lo que costaba ganarse el dinero y que por eso echabas a perder las cosas, que lo único que querías era hacerlo enojar.

Un domingo, él va a hacer una maleta y no va a explicarle nada a Bertha, que se va a encerrar contigo en tu cuarto a esperar que él suba sus cosas al carro y se vaya. Va a volver dos fines de semana más para que mamá le lave la ropa. Luego no va a regresar nunca.

Tres o cuatro veces va a recibirlas a ustedes, sus hijas, en su nueva casa y jugarán a tomarse fotos disfrazadas; saldrán todas muy mal porque el llanto les correrá el maquillaje. Cuando tú te vayas a estudiar la prepa, vas a vivir a dos cuadras de su trabajo y comerán juntxs todos los días de la primera semana. Va a ser un burócrata feliz durante varios años pero va a cansarse y volverá a su salón de clases, en una primaria en la ciudad. Tú lo verás cada vez menos. Por ahora, quieres seguirlo a todos lados, enseñarle tus dibujos, pedirle que te ayude a diseñar experimentos que usan la reacción del vinagre con el bicarbonato para impulsar movimientos leves. Sobre todo, quieres que te enseñe las cosas que le da miedo enseñarte: andar en bici, jugar futbol, leer libros que todavía no entiendes.

Si pienso en todos esos años, vienen a mi cabeza, como un recuerdo dislocado, esos programas de magia que veías con tu papá los domingos —una de esas pocas cosas que veías con él— en los que un escapista mostraba sus trucos develados, que te quitaban la angustia y te reafirmaban que solo podías confiar en lo que se explicara. El escapista encadenado era introducido en una jaula que después era introducida en un tanque lleno de agua. Recuerdo los detalles, recuerdo cómo se cerraba el candado de las cadenas, el candado de la jaula, cómo la jaula no flotaba y cómo él no tenía acceso a ningún oxígeno. Recuerdo las burbujas saliendo de él, sus pulmones despojándose de lo que lo mantenía con vida pero seguros de que pronto la respiración iba a regularse. Recuerdo que se liberó, tiene que haberse liberado si lo viste en la televisión porque el fracaso iba en contra de las reglas, en contra del universo de ese programa que dependía de que las cosas salieran bien. Era la perfección la que te impresionaba, la temporalidad, la salida exacta antes de la catástrofe. Todo lo recuerdo, incluso la emoción de papá que se sentaba con los codos apoyados sobre las rodillas abiertas y los dedos entrecruzándose frente a la barbilla. Recuerdo la tensión, las exclamaciones que hacía y cómo te revolvía el cabello en un gesto que, más que hacerte sentir querida, servía para calmar sus nervios.

Todo lo recuerdo, excepto cómo fue que el hombre pudo liberarse y cómo se salvó de ahogarse.

Escuchaste más de una vez que mamá le decía a papá que estaba harta y él respondía que también, que odiaba las verduras a medio cocinar, que la cocina estuviera sucia, que los trapos olieran a humedad. Que tenían un trato y que por eso ella se había quedado con una sola plaza, para poder cumplir bien con sus obligaciones de la casa, que por eso él llevaba la mayor parte del dinero.

—Sí, pero al final la que te termina prestando soy yo, porque eres un horror administrando.

—No voy a dejar de comprarle libros a la niña, ni juguetes a la bebé.

—Pero no necesitan tantos.

—¿No ves cómo ha ido leyendo la colección conforme se la traigo? Son treinta, uno cada quincena, no exageres.

—No exagero, gastas mucho en tonterías.

—Que no son tonterías.

—¿Y si dejamos de comprar películas?

—Bueno, si a este pueblo no llega ni el pinche radio ¿con qué esperas que me entretenga?

—Tienes tu parabólica que tanto nos costó pagar.

—No me vengas con que nada más yo la uso.

—Pero ese no es el punto.

—Es que no puedo más.

—¿No puedes de qué?

—¿Qué te hace falta? ¿Qué quieres que haga? Si no soy borracho, no ando de cabrón por ahí, no las trato mal.

—¿Por qué siempre tienes que gritar?

—Es que tú me exasperas, carajo, ¡dime qué quieres!

Si te quedabas lo suficiente en las escaleras, oías el portazo de cuando papá se salía a fumar y mamá lloraba muy bajito. Cuando él volvía, le ordenaba que subiera a dormir; tú corrías a la recámara y subías a la litera. La bebé ya dormía sola en la cama de abajo con barandales. Tú sentías que todo el espacio que ocupabas era en realidad el de tu hermana, que a ella le hacía más falta y que se podía quedar con todo lo que antes había sido tuyo. Tú ya sabías subir las escaleras mientras ella necesitaba que alguien le sostuviera el biberón.

Cuando ella llegó, mucha atención se fue de ti, eso te dio un poco de libertad pero también una sensación de soledad que no se fue nunca. Tu hermana sí se portaba bien, tu hermana sí era impecable, tu hermana sí sonreía cuando se lo pedían. En cambio, tú te sentías siempre fuera de lugar.

Otra de esas veces que te quedaste espiando llegó tu padrino Francisco con el maestro Ramiro, que venía golpeado y sangrando de la cabeza. Estabas todavía abajo cuando entraron, mamá te pidió que sacaras un bistec del refri. Se lo puso en la herida y te mandó a la recámara. Subiste los trece escalones hasta arriba y luego te quitaste los zapatos para bajar muy quedito a tu lugar de siempre.

—Hay que frenarle la sangre, la cabeza siempre es escandalosa.

—No, escandalosos los pinches papás.

—Ramiro, pero le aventaste un borrador al niño.

—Le aventé un borrador porque se estaba burlando del otro, ni que no supieran cómo es.

—Sí sabemos, pero es que cómo no se iba a enojar si tiene el brazo roto.

—¿Pero te cae que agarrarme entre cinco?

—Sí, se pusieron bravos después de la junta.

—Sí, Francisco, pero no puede ser, esto tiene que parar, ¿y esos tiempos en los que nos respetaban? ¿Se acuerdan cuando nos iban a pedir ayuda para las faenas?, ¿cuando nos pedían que apadrináramos a los niños?

—Bájale a tu nostalgia, wey. Los tiempos cambian.

—Cambian, sí, pero porque los dejamos.

—Mañana no vas a trabajar, te doy el día en lo que todo se calma.

—Faltaba más.

Esa vez papá subió corriendo a buscar alcohol, no

163

alcanzaste a levantarte a tiempo y te encontró, te dejó una semana castigada.

Camila me mira con cara de «ay, pobrecita», me da un beso y se levanta a preparar café. No le importa demasiado. Cuando le hablo de ti uso otra vez la primera persona en un intento de dejar de desdoblarme pero el recuerdo me queda lejos. No soy yo esa niña a la que le pasaron esas cosas, no puedo serlo. Eso sí lo nota. «¿Por qué cuando me hablas de tu infancia me suena a que me estás hablando de alguien más?». No le contesto y le doy un beso largo, para que a ella se le olvide la pregunta y a mí la necesidad de responder.

El desastre de la sala la hace regresar porque no tiene ninguna gana de lavar trastes o barrer: ¿y si mejor vamos a tomar algo afuera? Mientras estamos comiendo molletes le pido que me cuente algo de ella.

—¿Qué querés saber? Mi vieja era normal, mi viejo era normal, vivíamos en un tres ambientes en Caballito, los domingos me llevaban a la plaza a jugar y en vacaciones íbamos a Mar del Plata. No hay nada más.

—¿Ibas al mar cuando eras niña?

—¿Vos no?

—Conocí el mar hasta los veinte.

—¿Posta? ¿Y no te daba curiosidad?

—Curiosidad, sí, pero te digo que a la familia no le gustaba salir de vacaciones.

—¿No le gustaba?

—Bueno, a mi papá le daba miedo. El mar, el

bosque, las ciudades grandes... Todo estaba lleno de peligros.

—¿Y tú le creías?

—Cuando iban mis padrinos a la casa siempre platicábamos de espantos, de las nanitas, de esos fuegos que daban vueltas en los cerros y que agarraban a los borrachos para dejarlos en medio del monte; de la bebé que gritó a medianoche y encontraron llorando y con rasguños en el corral, rodeada por los puercos; del chupacabras.

—Yo también lo veía en las noticias.

—Pues eso, del chupacabras hablaban. Salía en un programa con Jaime Maussan que se llamaba *Tercer Milenio*. Una versión decía que era producto de la cruza entre un extraterrestre y una coyota.

—Mirá, zoofílicos los aliens.

—Sí, pues estuvo muy activa esa bestia en todo el país, y salía en todos los noticieros, luego se fue apagando.

—Y claro, después de su uso para cubrir la crisis.

—Terminó siendo un animal con sarna. Las nanitas sí me daban miedo. En El Palmar a los bebés recién nacidos les ponían unas tijeras abiertas en cruz bajo la almohada para protegerlos, también les amarraban en la muñeca un hilo rojo en el que ensartaban una semilla llamada ojo de venado.

Le sigo contando: después de un tiempo, supieron que el niño por el que habían golpeado al profe Ramiro se había caído en el recreo mientras correteaba al que estaba molestando en clase. De todas formas, la sociedad de padres y madres levantó una queja.

A ti, la maestra Remedios te jalaba por la trenza cuando te veía parada, aunque ya hubieras terminado la tarea, porque distraías a las demás. Una vez te dijo que si no te quedabas sentada, le iba a ir a decir a papá, en el salón del otro lado. Te dio tanto miedo que empezaste a pasarle papelitos a Aurora en vez de levantarte. Si papá se enteraba, se iba a armar una grande, como cuando te hicieron un recado para avisar que se te había olvidado la tarea pero, aprovechando que mamá estaba en la misma escuela, te mandaron a dárselo de una vez. Ella te dio un pellizco delante de sus alumnos y luego te sentó en su escritorio, castigada, hasta la hora de la salida.

—¿Pero nunca les pareció problemático que fueran tus maestros y también tus papás? ¿Por qué no te cambiaban de escuela?

—Porque si me dejaban en la de Cadereyta entonces yo tenía que volver sola a la casa.

—¿Y? ¿No era tranquilo?

—Sí, pero a mi papá le daba miedo.

—¿Miedo de qué?

—No sé, miedo.

Luego que creciste un poco más y dejaste de esconderte en las escaleras, pudiste quedarte abajo y escuchar algunas conversaciones. Después de comer pozole un 15 de septiembre, cuando ya se habían ido casi todxs, la abuela Eloísa habló de un asteroide que iba a pasar muy cerca de la tierra, lo había leído en la *Muy Interesante*. A ti te aterraba pensar en algo venido de otro mundo que pudiera impactarse en este. Te imaginabas escenas terribles y tenías la duda de si dolería o no habría siquiera tiempo de darse cuenta. Cuando la abuela te vio la cara pálida y los ojos saltones, te abrazó y te dijo que no entendía tu susto, si nada garantizaba que llegarían con vida a ese momento. «Sí, abue, pero falta mes y medio». «De todas formas, Irenita, eso es mucho tiempo».

Esa fue la última vez que la viste, dos semanas después la internaron de emergencia en el hospital porque se le bajó el azúcar, y ya no lograron sacarla con vida de ahí. La coincidencia no te dejó dormir en mucho tiempo, a lo mejor fue eso lo que te hizo preguntarte por primera vez si la vida no sería un montón de puntos inconexos que luego un día alguien relataba para darle sentido y forma, si no sería que todo el desorden de tu cabeza podría acomodarse una frase tras otra hasta armar una historia de ti misma que te convenciera, o si a tu abuela le hubiera gustado que la imaginaras así, ella sabiendo que iba a morirse y tú temiendo por una inminente e imaginaria extinción masiva. Tu miedo era más grande que un dinosaurio. Tu siguiente y último recuerdo de ella es en la funeraria que su cadáver estaba estrenando. Hasta entonces, todas las personas se velaban en sus casas, ella fue la primera que no. Cruzaste la calle sin ver y estuviste a punto de que te atropellaran entre el hospital y el velatorio, justo enfrente. No tuviste ni tiempo de recuperarte del susto cuando alguien te jaló a ver el ataúd y el cuerpo mal maquillado y con algodones asomándose por las orejas, la nariz y la boca. Si aquel auto no hubiera alcanzado a frenar a tiempo, pensaste, eso también tendría sentido.

En estos días de limpieza que tienen atrapada a mamá, apareció una caja de recuerditos que hicieron entre la abuela y tú para una fiesta de Bertha. La fiesta iba a tener tortillas de colores, de las que se pintan con anilina y luego cuando una va a al baño hace pipí rosa, naranja o verde. Iba a ser el cumpleaños tres de Bertha y la abuela insistió en un festejo. Uno de los tortilleros está en nuestra casa en Querétaro, es el que usamos todos los días, no sé qué pasó con el resto porque a mamá nunca le gustó que fueran de plástico y tuvieran tanto encaje grueso. La caja apareció en uno de los estantes altos de la vitrina. Estaba llena de agitadores de vidrio soplado con figuras de guacamayas, sandías, flores, mujeres esbeltas. Todos con una cinta dorada y un papelito que decía lo de siempre: «Mis III, Bertha». La letra manuscrita es de la abuela, tardó varios días en terminar los papelitos. A ti te dejó recortar y anudar; tres o cuatro agitadores se te cayeron y se rompieron, pero ella ya no llegó a saberlo.

Aunque podríamos haberlos usado, nadie lo pensó entre tanto que resolver. De la mesa del comedor pasaron al estante, hace ya muchas capas de polvo, y ahí se quedaron. Ella decía que había que ir preparando todo con anticipación, para que no las comiera el tiempo.

Tenían los desechables y un anticipo que habían dado para la barbacoa de chivo y luego doña Lupe no les quiso devolver. Los platos, vasos y tenedores ahora tienen que estar en un basurero, acumulados con otras cosas que un día contuvieron celebraciones ambivalentes. El otro día leí que encontraron veintidós kilos de plástico en el estómago de una ballena embarazada. Para unir los puntos, pienso que al menos una partícula en ese cuerpo proviene del unicel que ustedes acumularon durante esa espera, ¿qué pasa con todo lo que terminó sobreviviendo mucho más que la alegría que buscaban? La fiesta iba a ser en su patio, con los árboles de durazno que para esa fecha estarían llenos de frutos y servirían para atar las lonas. Papá y mamá no querían, porque no entendían las ganas de gastar en una fiesta cuando había cosas más importantes. Pero la abuela siempre insistió en que merecían un buen baile, por todo lo que viniera después. Pensaba en treinta personas, no más.

El día del cumpleaños, cuando ella ya no estaba, te dejaron comprar refrescos y pedir una pizza. Entre todxs corearon canciones que nunca te parecieron tan tristes como entonces. La sonrisa de tu hermana cuando vio su pastel chiquito fue lo único parecido a una celebración.

Eso es lo que más vas a recordar de la abuela, un poco todos los días: las preparó para una fiesta que no llegó a suceder.

Me levanto a la cocina y saco uno de los cuatro agitadores que me traje envueltos en papel periódico. Sé que si los pongo en la próxima fiesta van a romperse, y entonces voy a volver por otros cuatro a casa de mi mamá. No quiero seguir guardando las cosas que más quiero para protegerlas.

—Perdóname, no sé por qué estoy contando esto, Cami.

—Es la resaca, I. Te pone sensible.

—Mejor llévame a curármela.

Como ya es la una nos pasamos a Don Amado, me pido una bola michelada y Camila se sorprende.

—Qué asco, cerveza con limón y picante.

—Para la cruda es lo mejor. Le pido otra que ella de todas formas prueba y disfruta.

Lo que tus amigas más presumían era a sus papás, casi como recién estrenados. Por algunas semanas, todas las tardes iban ellos a recogerlas y daban una vuelta alrededor de la iglesia en sus camionetas. Tu mamá se ponía muy de malas con la música fuerte y decía no entender por qué si allá no andaban así, aquí se sentían que podían. Para ella, lo peor eran las banderitas gringas, «al final de dónde son o qué, si tanto les gusta estar allá que allá se queden». Nunca, eso sí, se le salieron esas ideas delante de sus alumnxs, lxs quería tanto que no se atrevía a hacer juicios tan duros.

En el pueblo se volvía más lento circular en carro que a pie porque las calles estrechas se llenaban con vehículos de placas de allá y modificaciones más o menos lucidoras: colas de pato, luces neón debajo de la máquina, letreros con nombres en el parabrisas. Los señores llevaban anillos muy gruesos que no podían sacarse por los callos de sus dedos.

El papá de Aurora era un señor gordo y muy alto,

traía siempre texana, cinturón piteado y un reloj Casio que sonaba cada hora. Aunque Aurora lo quería muchísimo y siempre hablaba de él, cuando estaba cerca se notaba que no sabían cómo tratarse el uno al otro. Él ponía las manos sobre los hombros de ella y así la iba guiando por las calles, no le sonreía pero todos los días le daba dinero para que comprara su lonche y les invitara una paleta de tarrito a ustedes. La última vez, él aprendió a peinarla y, aunque al principio la coleta le quedaba toda chipotuda, fue mejorando cuando aprendió a hervir el xité y ponérselo en el cabello. Durante esos días, Aurora dejó de oler a brillantina y estuvo todavía más bonita. Lo que más te gustaba de ir a la escuela es que las dejaran sentarse juntas y tú pudieras olerla mientras hacías las actividades del libro de texto.

Después, en enero, la rutina volvía a ser la de siempre: mujeres yendo y viniendo por lxs hijxs a la escuela, por el nixtamal, dándole de comer a los animales, pasando a comprar alguna cosa en la tienda de Güencha, cuidando como podían de unas milpas, más con la intención de hacer algo repetitivo para no pensar, que con la certeza de tener una buena cosecha.

Apenas ellos se iban, El Palmar y los pueblos cercanos recuperaban su ritmo y su silencio por las tardes, nada más los remolinos chocando contra las ventanas les hacían saber que algo seguía existiendo afuera.

Con el pretexto de enseñarle a Camila, terminamos poniendo videos de jaripeos y bailes de los noventa. Sale Mi Banda El Mexicano, con sus integrantes enfundados en trajes color mostaza de barbitas delgadas en las mangas. El vocalista le dedica la canción a una Luz María e invita a la raza a la pista. El cabello de algunas mujeres llega hasta los muslos, el de algunos hombres hasta la espalda media en *mullets* esponjados. A algunos el sombrero les queda casi flotando por el efecto del crepé.

La cámara se mueve para enfocar a una pareja, hace un *zoom* mecánico aceleradísimo que deja grabado el sonido del motorcito del aparato. Él tiene una cola de caballo negra, muy negra, con la ropa toda blanca, un contraste que recuerda ciertas formas de alegría.

Ella usa un pantalón de mezclilla a la cintura bastante guango de las piernas y una ombliguera halter negra. No se toman las manos pero se siguen la coreografía, una siente al otro, y al revés, se nota que antes de empezar a bailar no se conocían pero apenas se miran, se sincronizan. Alrededor, las demás personas se van deteniendo para verlos bailar. Él se quita el sombrero y lo coloca sobre la bota para invitarla a que se acerque. No se puede creer lo pulcro de ese blanco, es casi un fulgor; en el lienzo charro, ellos bailan sobre una tierra parda con quién sabe cuánta mierda de caballo acumulada.

La música se acaba antes de que él pueda tener a la mujer cerca pero enseguida comienza otra canción, entonces ella se lanza a sus brazos, él la toma de la cintura, la hace saltar, primero a la derecha, después a la izquierda. Ella se mete bajo sus piernas y sale triunfante del otro lado, él la levanta en el aire, le da una vuelta, y luego se separan para seguirse sin tomarse las manos.

«Eso, Camila, es una quebradita», dice Niv mientras intenta imitar un paso que le sale muy mal. En cuanto el video se acaba, YouTube pasa a otro. «Yo gritéeee, aaaay la culebra». Una multitud rodea a un hombre de camisa y bigote. «Huye, José». Un círculo rojo aparece sobre un sujeto detrás. «Huye, José, ven… pa'ca, cuidao con la culebra que te muerde los pies». Se ve una pistola y entonces la cámara comienza a dudar, se mueve vertiginosa hacia arriba, después hacia abajo, genera manchas en vez de personas nítidas. Sonaba Banda Machos ese 23 de marzo de 1994. Es Lomas Taurinas. De inmediato, un grupo lleva cargando al candidato priista Luis Donaldo Colosio hacia su camioneta. Los gritos se superponen a la música que no para nunca. Va a morir en menos de dos horas.

El PRI estaba haciendo caminos esos años y el gobierno de ese partido estaba ya empezando a llenar la presa.

Exactamente trescientos setenta y tres días después, Selena Quintanilla, la reina del tex-mex, murió asesinada por Yolanda Saldívar. Tú estabas con Güencha escuchando Radio Lobo. Después del aullido de la cortinilla de la estación, interrumpieron el programa para dar la noticia. Luego pusieron solo canciones suyas. Ni Güencha ni tú pararon de llorar durante varias horas.

Pongo «No me queda más» y me tomo la última cerveza mientras Niv y Hugo van a comprar otras.

Camila, un poco aburrida, los sigue.

Se hace muy tarde y no nos vamos a mi casa, compartimos el sofá.

Intentamos no hacer mucho ruido pero los resortes rechinan aunque nos movamos despacio. Su cuerpo me hace una cuenca, un borde redondo, algo que me contiene. Su lengua es como una pala pequeña y tímida en mi boca que excava lenta, dudando de si dentro de mí hay algo que pueda romperse. Yo respondo como un azadón que busca su sitio entre la tierra dura y apenas lo encuentra se retira para buscar uno nuevo, hasta desbrozar todo, ¿qué es lo que estamos plantando? ¿Para qué estamos preparando el terreno? Nuestros cuerpos son algo como el lodo que se queda entre el agua y la orilla, no se puede distinguir dónde empieza una y termina la otra.

Cogemos pero yo sigo pensando, acordándome de cosas que leí tanto que ya tengo casi memorizadas:

> La instalación de la presa significaría un incremento del potencial de la CFE, era barata su construcción, fácil de realizar y sobre todo se consideró que no tendría efectos sociales perniciosos en la zona porque no se veía que modificara el entorno ecológico, que era básicamente una cañada y una barranca. La población se contabilizó apenas en un millar de familias, de las cuales quizá unas 500 estaban ubicadas en el lecho del futuro vaso.

Me dice torta, bollera, lenchita. Primero me incomodo y después voy encontrando sabor en esas palabras que nos nombran, distintas en su país y en este. Jugamos con lo que nos decimos, bajito para no despertar a Niv. Disponemos cinco vocales que se arman con todas las combinaciones posibles. Su mano está haciendo orificios para instalarse en mi piel, y yo se lo permito pero no hago lo mismo, hoy soy yo la que se queda quieta. Nuestra piel de dos colores se inunda con fisuras y pausas. Somos las que estamos siempre en proceso de ser otra cosa.

Pero el agua sucia me gana.

> En la reubicación de las familias se consideraron las siguientes situaciones: familias a las que se les repondría

la vivienda, y familias que contaban con parcela, a las cuales se les restituyó en condiciones agroecológicas (u orográficas) similares, a otras únicamente se les indemnizó para los dos casos.

Su boca baja de mi cuello a la espalda, la mía sube de su rodilla a los muslos: somos como dos máquinas de construcción yendo en sentido contrario en una autopista. Veinte kilómetros por hora mientras los coches van a más de cien. Nadie quiere que le estorbemos. Somos, antes que otra cosa, el sonido de los cláxones que se desesperan y nosotras ignoramos.

Lo primero siempre es excavar, remover de la tierra los agentes que dificultan la tarea. Remover si es posible con las manos, siempre que se quiera realizar una tarea de bajo alcance. Si el proyecto es de amplia extensión entonces será necesaria la maquinaria pesada. Ya que se tiene la maquinaria, es necesario hablar y realizar gestiones: oficios, membretes, consideraciones ante diversas instancias. Lograr consensos.

Es profundo lo que su mano abre; una vez que el terreno está listo, se procede a rellenar con líquidos: alcoholes, lubricaciones, saliva, lágrimas. Se llena el espacio de fluidos intensos que no fluyen, pero se evaporan para iniciar otra vez el ciclo. Estamos casi ahogadas por el calor de nuestros cuerpos que se mezcla con el calor de la noche en esta ciudad sin árboles.

Somos líquidas pero espesas. A diferencia de lo que se anega, nosotras vamos y volvemos, abrimos surcos, nos insertamos en el sillón que ahondamos para caber juntas.

¿A qué distancia están las parcelas y la vivienda? Lxs indemnizadxs reubicadxs, ¿a qué actividad pasaron? Lxs que no aprovecharon el dinero de la indemnización para adquirir un terreno, ¿qué hicieron? ¿Los bienes que compraron mejoraron la calidad de vida de lxs adquisidorxs? La reubicación, ¿sucedió en tiempo de cosecha o de siembra?

Eso que hace un rato había imaginado como cláxones en realidad son los ronquidos agudos de Niv, que se interrumpen cuando jadeamos, y luego vuelven cuando nos tapamos una a otra las bocas. En la oscuridad, nos miramos a los ojos antes de venirnos. Otra vez los primeros rayos naranjas empiezan a asomarse bajo la puerta.

En el recreo, Fabi llevaba tres paletas de elote, le dio una a Aurora y otra a ti cuando sonó la campana. Volvieron a los salones. Estaba prohibido comer en clase, por eso abrían el pupitre y disimulaban escondiéndose bajo la madera, haciendo como que buscaban los colores para completar la actividad. El sujeto va de rojo, el predicado de azul, el amarillo sirve para señalar el verbo en un círculo. Los adjetivos se marcan con verde. Se miran cómplices mientras la maestra da explicaciones sobre las oraciones compuestas y les dice que ese es tema para el siguiente año. El chilito de la paleta se disuelve y deja paso a un amarillo dulce que se siente más intenso por la acidez anterior. Se ríen porque pudieron burlarla.

Aurora te hace una seña que no entiendes y te ríes más, ella insiste pero no sabes qué quiere decirte. Te llevas la paleta a la boca y sientes un dolor intenso, algo dentro de tu labio punza. La tapa del pupitre se te cae de las manos por la sorpresa y se azota, todxs te están viendo. Te sacas la paleta de la boca y entre el entumecimiento sientes que algo revolotea dentro. De entre tus dientes sale una abeja dando tumbos. La maestra mete los dedos llenos de gis para hurgar entre tus labios. Saca con brusquedad un aguijón.

Es que yo te quise advertir, te explica bajito Aurora mientras ve cómo la maestra te jala de la trenza hacia su escritorio. No vas a poder salir temprano, estás castigada por comer en clase y te tienes que quedar al aseo.

Los labios hinchadísimos casi no te dejan hablar, la garganta te pica y empiezas a toser. Los ojos te lloran. Cuando suena la chicharra, Aurora y Fabi rodean el salón para hablarte desde la ventana. Te piden que les prestes tu Barbie para hacer como que estás tú jugando con ellas. La sacas discretamente y la maestra no alcanza a verte porque está calificando los trabajos. Ellas se van corriendo a vivir una vida sin inflamaciones de la boca y las vías respiratorias. Ellas se alejan a donde no puedes verlas y sientes algo que no sabes explicar. No te gusta que jueguen sin ti. No te gusta que solo a ti te castiguen y ellas jueguen como si nada. No entiendes por qué si siempre han sido ustedes tres, de pronto pueden hacerse dos, hacerse sin ti y no extrañarte. Te asusta que se sientan cómodas estando ellas solas y después no quieran invitarte, te asusta que Aurora quiera más a Fabi que a ti, y no sabes por qué ni sabes cómo decirlo.

Después de esa primera vez, no tuvimos que volver a usar la palabra de seguridad, no sé si porque ninguna traspasó los límites o porque, al contrario, los fuimos haciendo cada vez más elásticos. En la recámara éramos ella y yo las protagonistas de una película porno independiente y jamás miramos a la cámara. Leemos juntas a Anaïs Nin. Yo enloquezco con ese cuento en el que una mujer se pinta la vulva con carmín rojo y le pido que la imitemos, pero la fantasía es mucho más interesante que la realidad que mancha las sábanas y nos irrita la piel. De todas formas, no necesitamos imaginarnos nada. Vamos subiendo de intensidad, primero mordidas, rasguños pequeños en la piel, chupetones en los muslos, después, le doy una nalgada tímida a la que ella responde arqueando las caderas para acercarse. «Más fuerte», me dice mientras voltea el cuello y sus ojos buscan los míos. Nos gusta vernos viéndonos. Disfruto también tocar los labios de su vulva, rugosos y mojados. Su vulva mucho más pequeña que la mía me sorprende porque en general todas sus proporciones son mayores. Después de un rato que yo la toco, cuando está a punto de acabar se da vuelta abruptamente y me avienta boca abajo sobre la cama. Se sienta encima de mí y se frota. Por atrás me toca las tetas y me aprieta el pezón con el dedo pulgar y el dedo índice, como una llave que va abriendo. Con la otra mano, hurga entre mi vulva y me penetra, primero un dedo, luego dos, luego tres, hasta que logra tener cinco dedos adentro de mí. Es un dolor que no he sentido antes, un dolor tibio que aprendo a llevar con calma a otras partes de mi cuerpo. A que empiece ahí pero me continúe por la espalda, por la panza, que llegue a mi cuello y me haga gemir. Camila está adentro de mí y yo no quiero que se salga. Le pido que me deje voltear, quiero verla otra vez. Ella se detiene, no sale, no dice nada. Nos quedamos quietas un momento hasta que yo comienzo a mover despacio las caderas, otra vez. Entonces saca la mano, me giro y paseo las manos entre los rizos de su cabello ya húmedo por el sudor, le acaricio la cabeza mientras me dejo penetrar. Se mueve despacio, primero, ve mis muecas de dolor, después abre y cierra los dedos en mi vagina, los vuelve a cerrar y mueve toda la muñeca para que el filo de sus nudillos me dé vueltas adentro. Me pide que la mire, que no cierre los ojos. Somos una fiesta a la que no invitamos a nadie más.

O eso pienso hasta que en la mañana del domingo me cuenta de otra chica con la que también coge. Me dice que siente que nos parecemos a veces. La conoció en Tinder, es ingeniera. Me aburro cuando charlamos, aunque garchamos bien, me aclara. Entra en detalles que me ponen incómoda pero no le digo nada; al poco rato lo nota y me abraza, me besa la nuca, los labios, el cabello, tampoco dice nada.

Estoy preguntándole a Camila si la alcanzo en su casa o viene a la mía cuando me llega un mensaje del licenciado, que para cuándo el artículo. Le respondo que sin falta esta semana, que se me descompuso la compu y casi pierdo el archivo pero afortunadamente pude recuperarlo, que me dé un par de días. Me había tenido paciencia porque todas las otras veces le había entregado a tiempo, pero ya siento su desesperación y cómo va cambiando el tono, ahora ni me saludó. Cami me responde, me alcanza en un par de horas. Ese tiempo lo invierto en seguir leyendo sobre la presa. Cuando llega ella con un six yo tengo más preguntas que ganas de coger. Empiezo a contarle y ella va haciendo caras de sorpresa conforme avanza mi relato. Nos vamos tomando las latas rápido para que no se calienten y cuando siente que ha escuchado suficiente me toma por la barbilla, me abre la boca y deja caer un chorro de cerveza que se me escurre por las comisuras, se apura a lamerme las gotas antes de que lleguen a mis pechos. Después, vuelve a mis labios, mete la lengua que siento como un pez moviéndose con miedo de ahogarse, como si se acercara a una zona poco profunda y quisiera volver pero sabe que tiene que cruzar. Su lengua anda entre mi boca y yo no le pongo obstáculos sino que le voy guiando el camino hasta que me rechaza: ella quiere encontrar su propia ruta. Camila me aprende, Camila quiere saber mucho de mí y cuida lo que le digo, lo abraza como si fuera a quedarse. Conforme me quita la ropa voy conociendo de nuevo su cuerpo largo y voy quedándome con sus manos, ella lleva las mías hacia su vulva y mete mis dedos, yo siento cómo se expande y cómo tiembla, cómo su cuerpo va haciéndome un sitio. Entiende. Me besa, me contiene. Estoy demasiado sensible. Seguimos con suavidad y la siento caer sobre mí, cubrirme toda con su piel y sus huesos, hace una casa entre yo y el mundo. Cuando terminamos, me pregunta cómo voy con el reportaje. En lugar de responderle, me arremolino entre sus brazos. «Te quiero, I», me dice y me besa. «Te quiero, Cami», le digo muy bajito, tanto que no alcanza a escucharme.

Una de las veces que iban a la nube de Martina empezaron a brincar en el agua y cuando Fabi se acercó a Aurora quisiste alejarla, te pusiste en medio de ellas, Fabi cayó a un charco y se pegó en la cara. Casi nunca lloraba pero esa vez sí y desde el suelo te vio con coraje. Cuando Aurora intentó acercarse a ayudarla, le pediste que fueran a jugar ustedes a otro lado. Aurora no entendió por qué te comportabas así, quizá tú misma tampoco entendiste lo que te estaba pasando, y cuando Aurora insistió en ayudar a Fabi, volviste a acercarte y ella te apartó en un movimiento brusco. Después, te pidieron que te fueras. Tú no dijiste nada y corriste hacia los salones, enojada, con miedo, con algo que no supiste nombrar, ¿qué era y por qué te hacía tratar así a Fabi? Sentías que algo te salía del pecho, se estampaba frente a la última barda de la escuela y regresaba de golpe y se enredaba como una cuerda enorme que daba vueltas alrededor tuyo: algo que te atrapaba y no sabías cómo nombrar y no sabías qué hacer para domesticar. Querías que Aurora fuera solo para ti y Fabi te estorbaba, deseabas que se fuera pero también a las dos las querías mucho, solo que no cerca una de la otra.

Después de ese día, todo se puso raro contigo, ellas siguieron jugando y comenzaron a dejarte fuera. De vez en cuando se compadecían un poco y te convidaban en los recreos, pero nada volvió a ser igual, por más que intentabas contentarlas prestándoles tus colores, haciéndoles pajaritos de papel, llevando tus mejores juguetes para compartirlos. Sentiste que no te querían cerca y fuiste alejándote de a poco, te volviste más silenciosa y después de la clase te quedabas hasta el final en el salón, a esperar a que todos se fueran para que no se notara tanto que ellas te habían separado. No supiste disculparte y tardaste mucho tiempo en entender lo que pasaba. Ellas cada vez más lejos, tú cada vez más extraña, más fuera de tu sitio y más enojada. Comenzaste a fallar en la escuela y los regaños de tu mamá y los gritos de tu papá aumentaron. La tensión entre ellxs crecía y tú te sentías como esa isla entre medio de las aguas negras que ya empezaba a marcarse en la presa: sin ninguna utilidad, sin ninguna sombrita que te cubriera, sin forma, tampoco, de moverte de ahí.

Como ayer dijeron en el radio que nos íbamos a quedar sin agua en la ciudad por lo de las compuertas de la presa, decidimos llenar la pileta que tenemos en el patio —apenas un rectángulo de un metro y medio por un metro y si acaso otro de profundidad que no puede llamarse piscina. La disonancia lingüística siempre nos divirtió a Cami y a mí, pero ella lo tomó a chiste y yo decidí interpretarlo como una señal del destino— para poder usar esa agua luego, ya fuera para echarla a la taza o para bañarnos a jicarazos. No es demasiado grande, tiene espacio apenas para dos personas sentadas, pero se siente como el verano a punto de llegar y nos emociona siempre que la usamos. A Ana le gusta pensar que un día podremos llenarla de hielo y bebidas y hacer una fiesta, yo creo que para eso se necesitarían más recursos de los que imagina. La última vez que la usamos, nos dimos cuenta que tenía una fuga en la coladera y que el agua se iba sin que quitáramos el tapón, así que ahora le ponemos un pedazo de bolsa que atoramos con *duct tape* y abrimos la manguera. Se ve feo pero funciona. La primera en entrar es Ana. La pileta no está a más de la mitad cuando el ansia nos gana, ya tenemos todas los trajes de baño puestos. Camila y yo nos encargamos de prender el asador y poner los primeros pedazos de carne y las calabazas rebanadas. Sabemos que el agua no es azul pero dejamos que el color de los mosaicos y el reflejo del cielo nos dejen pensar lo contrario. Nos las arreglamos para entrar las cuatro. Ponemos música y nos acercamos la hielera. Camila arma y enciende un porro. Me ofrece y acepto.

El sol nos da en la cara y nos deja marcas que sabemos que vamos a lamentar después. Por ahora no nos importa demasiado porque nuestra piel es tersa y creemos que no tenemos miedo de envejecer. En este momento todo parece que puede mejorar aunque no tenemos claro cómo y, por ahora, queremos celebrar sin tener motivos evidentes. Mis amigas y yo tenemos una realidad que apunta demasiado a la vida, nos mantenemos despiertas y curiosas, queremos divertirnos, queremos encontrar sentido en las cosas que hacemos todos los días y en el fondo nos están deshaciendo las ganas de todo. No queremos lo que nos dijeron, no queremos una familia, no queremos una relación estable, no queremos un trabajo de nueve a seis. Eso o, como no podemos tener ninguna de esas cosas, nos acostumbramos a la incertidumbre e intentamos asumirla como algo que en realidad deseamos. Lo que podemos hacer ahora es disfrutar la tarde y reírnos del último ligue de Ana, un wey al que le dicen el Rastas y al que no se le paró la última vez que se vieron porque estaba muy pacheco. Y celebrar que Oli se acaba de ganar una beca para estudiar en Michigan. De todas nosotras, es la primera en irse. Está contenta pero tiene miedo, dice que no quisiera mudarse ahora que nos hemos acomodado tan bien en la casa, pero sabe que aquí se nos acaban los trabajos medianos y los círculos sociales: te tienes que ir de un lugar cuando estás en una fiesta y descubres que ya te cogiste al ochenta por ciento de la gente que está ahí, me hizo ver Oli el día que decidió meter su solicitud. Después de comer, asa bombones. Camila me toma por la cintura y me da besos. Somos felices hasta que la lluvia nos hace salir del agua para guardar los utensilios y apaga el fuego. No tarda mucho en comenzar un aguacero del que primero queremos huir y que después, como hace tanto calor, aceptamos como un invitado más. Seguimos riendo y bailando bajo la lluvia y no alcanzamos a darnos cuenta cuando la pileta se desborda, cuando el agua se hace un poco más turbia y viene acompañada de las hojas de los árboles que el viento mueve. En pocos minutos nos llega a los tobillos y luego de un rato más a los muslos. La casa entera se inunda, nosotras no hacemos nada más que dejarnos llenar por el tacto tibio de la lluvia en nuestras pieles y dejamos que el agua suba, que nos vaya haciendo flotar con ella. Dos horas después chapoteamos de una habitación a otra en la casa y el agua sigue subiendo, Camila me enseña cómo mover los brazos y las piernas.

No sé nadar porque a papá, en la Normal, le hicieron un examen final que consistía en aventarse del trampolín de diez metros y casi se ahoga. Desde entonces se mantuvo fuera del agua y cuando naciste, también a ti. No dejaba que te dieran baños de tina porque le parecía muy peligroso que te resbalaras de las manos de mamá o de la abuela y te ahogaras también. Te crio como si temiera tu salto. O peor, como si ya hubieras saltado y alguien te pusiera en cámara lenta. Desde hace mucho siento que caigo pero no llego al fondo.

Esta vez me dejo llevar y aprendo rápido, después de un rato estoy cómoda y me muevo con facilidad. Prodigio, mis aletas crecen. Siento que todo tiene sentido. Las cuatro descubrimos los colores que tienen los muebles bajo el agua, el color de las sábanas, todo con el agua es uno. La bocina sigue funcionando y escuchamos música con sordina, como si viniera de muy lejos o de un tiempo que quedó contenido en las paredes de esta casa que quién sabe quién habrá habitado antes. Comemos más bombones, también bajo el agua, y nos sorprende su consistencia perfecta, se sienten secos en nuestra boca. Es tibia la sensación, es una calma que no sentimos de lunes a viernes cuando corremos de un trabajo a otro, hoy es una cumbia villera que Camila nos enseña, un acordeón norteño escondido entre el ruido de los relámpagos, una lámpara que se enciende de pronto en medio de la noche que cae y nos ilumina los contornos, el agua todo lo llena y se expande entre los utensilios de limpieza y los muebles que permanecen en el fondo como adheridos por algo que no entendemos. Necesitamos cada vez menos aire, podemos abrir los ojos y mirar las proporciones que adquirimos cuando estamos sumergidas. Oli y Ana van a buscar otra cerveza que encuentran en el refrigerador que sigue impecable pero inundado. Camila me lleva hacia ella y vamos hacia mi recámara, nos cuesta trabajo abrir la puerta por la presión del agua, pero es el agua misma la que nos ayuda a cerrarla detrás de nosotras, la noche está por terminarse. Cogemos sin prisa, húmedas y resbalosas como dos peces que se buscan, nos abrimos una a la otra y dejamos que la lluvia llegue adentro. Seguimos bajo el agua, aguantamos la respiración sintiendo nuestro entorno distorsionado, dejándonos estar en él, en silencio pero cerca, y nos quedamos quietas hasta que nos vence el sueño.

A la mañana siguiente, cuando despierto, ella ya tiene los ojos abiertos. Le doy los buenos días al tiempo que la beso en la boca. Ella está ansiosa, lo siento de inmediato e intento acercarme a lo que está pensando pero no lo logro, está cerrada para mí, está viviendo adentro y yo no puedo entrar. Después de un momento lo entiendo y me alejo. Abro mi celular.

«Creo que es hora de regresar», me dice sin responder el beso ni el saludo. Volteo a mi alrededor, recuerdo la lluvia y la inundación en la que nos fuimos a dormir, de la que no hay ni rastro. «¿Regresar a dónde?, ¿a tu casa?». «A mi casa, sí, pero no aquí; regresar a Buenos Aires, a comer empanadas malas en el Bellagamba, a salir de joda a Feliza, a estar con mi gente». Le pregunto si sabe qué pasó con el agua, si la soñé. «Se fue, qué más iba a pasar», me responde sin demasiada atención. «Ya casi tienes que salir a trabajar».

Me levanto de la cama y voy al patio. La pileta está rebosante, todo lo demás está seco. En el baño, de la llave sale solo el aire contenido que borbotea entre un par de gotas. Empiezan los días sin agua de los que advirtieron en las noticias. Y es verdad, ya es hora de salir de casa.

Cuando le pregunto a Camila si pensó bien lo que me dijo el otro día me responde que sí, que está segura. Que Querétaro le gusta pero ya estuvo el tiempo suficiente, que este calor seco no es lo suyo, que la lluvia intensa del otro día se lo recordó. Le digo que ya falta poco para que termine el verano y después se pone más fresco. Ella lo sabe, pero no es eso, no quiere quedarse hasta que la estación cambie. Fue un viaje que ya se prolongó demasiado, «no venía a quedarme tanto tiempo», insiste. Es feliz aquí, pero siente que estar con nosotras implica suspender su vida-de-verdad, que no está avanzando y no se imagina quedarse, que tiene miedo de sentirse demasiado cómoda y dejar que los días pasen hasta convertirse en meses, en años, no vino para tanto tiempo. Tiene ganas de conocer otros lugares, además, conocer más gente. Está enamorada de mí ahora, eso lo sabemos, pero no siente ganas de quedarse a ver lo que pasaría si seguimos juntas. Que no tiene nada que ver conmigo, que le gusta cómo funcionamos, pero no siente que sea el momento de estabilizarse; nos falta hacer mucho.

Yo, que no he querido dedicarme a otra cosa más que a estar con ella desde que la conozco, siento cómo se me abre un hueco en el pecho. «Comprendo», le digo, «comprendo bien». No me sale decirle mucho más, no puedo decirle «Camila, quédate», y tampoco puedo decirle «voy contigo». No puedo celebrar su decisión ni me nace aceptarla como algo que pasa y ya. Quiero insistirle pero las palabras se me ahogan.

«¿Y qué va a pasar con nosotras, Cami?». Ella hace un silencio largo y después me pregunta si quiero ir a bailar en la noche.

«Otro día, hoy no tengo ganas».

El miércoles tengo una cita con el ginecólogo a la que decido ir sola. Antes de revisarme, me pide que me desnude detrás del biombo, me ponga una bata y no la amarre por detrás. Ya que salgo, así como estoy, me pregunta el número de parejas sexuales.

—Diez.

—¿Tantas?

[Ay, si supiera].

—¿Vida sexual activa ahora?

—Sí.

—¿Estás en riesgo de embarazo?

—No.

—¿Qué método anticonceptivo usas?

—Ninguno.

—¿Entonces?

No contesto. Se acerca, me pide que abra las piernas, le pone un condón a un aparato, luego lo unta con un gel y me dice que voy a sentir una pequeña molestia al tiempo que me lo mete. Enciende el dispositivo que empieza a mandar señales al monitor y, luego de descartar otra vez un embarazo, avanza y ve quistes, muchos quistes, sobre todo en el ovario izquierdo. Tengo los ovarios llenos. Esa expresión se usa en masculino para decir que alguien está harto: «tengo los huevos llenos», yo no siento nada raro pero es innegable el tamaño de las bolas que se ven en la pantalla negra.

Me explica que el tratamiento consiste en tomar anticonceptivos para regularme. Ciproterona con etinilestradiol, una diaria, durante al menos seis meses.

—Es probable que subas de peso y pierdas la libido, pero fuera de eso no tienes nada de qué preocuparte, hasta te sirve para estar segura de que no te vas a embarazar.

—Pero de eso yo estoy segura, doctor.

—Nunca se sabe, todos los métodos pueden fallar, por eso el mejor es la abstinencia, que además no es pecado.

—¿Qué?

—Con suerte, las pastillas te van a desaparecer el acné y el vello grueso. Si haces dieta y ejercicio, es todavía mejor, vas a quedar más guapa de lo que ya estás. Puedes vestirte.

Cuando Hugo y Ana se enteran de que Camila se va, proponen un paseo a la presa, como despedida. Saben que yo he estado teniendo dificultades para terminar el artículo y se les ocurre que quizá, si vamos todxs, pueden ayudarme proponiendo ideas. No nos importa ir apretadxs hasta que llegamos al camino de tierra y los baches hacen que yo, que voy sentada en las piernas de Camila, me dé de golpes contra el techo. Hago lo que puedo para disimular mi tristeza y demostrarle que no la voy a extrañar, es más, que no quiero una novia ni quiero que se quede y estoy muy bien con la idea de que viva la vida con la ligereza que se le antoja. Que yo tampoco quiero un compromiso y que ahora que está quiero estar con ella pero en cuanto se vaya voy a tener muchos amores libres y voy a actuar como la persona deconstruida que soy y le voy a escribir para contarle. Todo eso quiero que sepa con el gesto de no mirarla a los ojos y soltar carcajadas desmedidas cada que alguien hace una broma.

198

Estoy bien, estoy bien, estoy bien. No me dolió el golpe en la cabeza. No me duele nada. Ella me abraza por la cintura y me acaricia, no se da cuenta y, si se da, es habilísima para no integrarlo en nuestras conversaciones.

Quiero aprender de ella a ser así de ligera, a no ponerme triste porque se va, a disfrutar este momento. Pero se me agolpan con ansiedad los paisajes que voy viendo y los escenarios catastróficos que me imagino sin Camila. Estuvo muy bien que llegara para ocuparlo todo y olvidarme de lo que necesitaba poner en orden.

Para ella se trata de disfrutar el paseo. Pasarla bien, fluir. Me conecto con su alegría, reímos mucho, aunque no puedo evitar pensar en que se va, en que va a hacer con mi amor empanadas de repulgue sencillo y comérselas y digerirlas como si fueran de un restaurante barato a mitad de la carretera y estuvieran a punto de descomponerse. Con mi amor tan nuevo, tan intenso. Ella me quiere y a mí me cuesta trabajo entender que querer a alguien no sea suficiente para quedarse, pero no me dijo nunca lo contrario. Desde el principio me dejó claro que se trataba de algo leve y, cuando empezó a sentir que se volvía más denso, pum, quiso irse. Yo tengo necesidad de algo permanente en mi vida y entiendo que lo busqué en el lugar equivocado. Todo lo que hablo sobre el amor con mis amigas se diluye en esto que siento ahora, y creo que el desborde es necesario pero sé también que Camila no está dispuesta a recibirlo. Ella se va, yo me quedo.

No hay nada complejo ahí, ninguna ecuación inentendible, ninguna historia especial ni desbordada.

Damos una vuelta equivocada y tardamos media hora más en llegar. Vemos una barda anunciando un baile. Los logotipos de los grupos están pintados con colores neón. Detrás se alcanzan a ver las capas de años y años de pintura, una detrás de otra, unos tres centímetros de grosor. Es esa música de los noventa, Camila, esos sintetizadores, los teclados electrónicos, las canciones de dos acordes, algo que suena como una trompeta o como la imitación de una trompeta. Los Acosta, Mandingo, Los Temerarios, Los Bukis. La música de Radio Lobo y su aullido con el sol de la tarde anaranjada de más o menos las cuatro o cinco. Obviamente los Tigres del Norte, Los Tucanes de Tijuana, Intocable, Industria del amor. En tiempos de elecciones, los mismos hombres que anuncian los bailes ponen sobre las mismas bardas los anuncios de partidos políticos. Un día dijeron «Que hable México», «Bienestar para tu familia», «Mi compromiso es contigo», «México exige, Colosio responde», «Hoy. Hoy. Hoy», «Quién dice que no se puede», «Para que vivamos mejor», «Por el bien de todos, primero los pobres». Todas esas palabras y esos colores están también ahí latiendo, y cada baile que se superpuso era también un festejo o una esperanza perdida, un recordatorio de que todo seguiría igual. Me gustaría ser especialista, me gustaría que mi profesión fuera saberme de memoria todas esas canciones, saber todo y de golpe poder contarte por qué se pusieron Industria del Amor y de qué cosa son la clave. Me gustaría contarte por qué, aunque la gente no bailara se movía siempre con ese ritmo, la relación entre las ideas de progreso y los anuncios de color neón en esas bardas. Grupo Liberación. Grupo Bryndis. Dice Pierre Herrera: «soy el fantasma de Bronco, la venganza de Límite, la amargura de Los Bukis, Chalino Sánchez apuntando al cielo murmurando canciones de cuna», justo así.

Y las mujeres: la línea que va de Selena a Jenni Rivera pasa por Alicia Villarreal, Gloria Trevi, aunque no tiene tanto que ver, Priscila y sus Balas de Plata, Rocío Dúrcal, si te parece también, Paquita la del Barrio, que ahí se escuchaba mucho menos. Ponerte el cover de «La papa sin cátsup» que Jenni hizo en un yonke a ritmo de *big band*. Contarte lo subversivo de sus formas, analizarles las caderas, explicarte por qué toda la música grupera habla de personas como nosotrxs. Todo eso voy pensando pero no digo nada. Siempre lo más interesante se me ahoga dentro.

Ya sé que ninguno de esos nombres tiene sentido para ella, más que lo exótico de sus referencias. Me gustaría saber cuánto de mí le gusta por eso mismo, cuánto de mí dejaría de parecerle divertido si hubiera vivido aquí, si hubiera ido a la escuela conmigo. Siento que no tengo nada extraordinario para ofrecerle y una parte de mí imagina que si lo tuviera ella se quedaría. Cuánto de mí le seguiría gustando si fuera Aurora. A veces las dos se me confunden aunque ya no me puedo imaginar cómo se verá Aurora ahora, pero miran de reojo igual, mueven las manos con la misma fuerza, se detienen a ver las hormigas que pasan y frenan para no aplastarlas. Son esos gestos los que me hacen acordarme de ella cuando estoy con Camila. Seguramente se habrían caído muy bien. Seguramente Aurora seguiría presente, seguramente tú, Irene, y ella se hubieran besado como Camila y yo si hubieran crecido juntas un poco más y les hubiera empezado a latir la vida como algo nuevo que sentir entre las piernas; si eso hubiera pasado, no me sentiría tan lejos de ti ni tendría que venir hasta acá para encontrarte.

La casa a la que llegamos es modesta pero con todo lo que necesitamos: un chingo de colchones, dos habitaciones, un asador y una planta de luz de gasolina.

Nos instalamos y hacemos micheladas, el calor es asfixiante. Antes de cocinar, conseguimos un paseo en lancha para llegar a las compuertas, cerca de ahí están los pueblos bajo el agua. El sol levanta un vapor al que de pronto le siento un olor a cañería que no sé si estoy imaginando o es real, no me atrevo a preguntarle a nadie. Ana mete las manos en el agua verde que cuando salpica parece transparente. En las partes en las que se refleja el cielo hay un tono grisáceo y, más lejos, alcanzan a verse rayas que dividen tonos oscuros, como si lo más sucio se fuera concentrando en algunas manchas enormes. Héctor, el hombre que nos lleva, dice poco. Responde a nuestras preguntas sin demasiado detalle y no está muy interesado en hablar. De pronto, apaga el motor. Es aquí, dice:

—Aquí, ¿qué tan profundo?

—Unos doscientos metros.

—¿Sobre qué pueblo estaremos?

—Vistahermosa.

Había sido un paseo tranquilo pero de pronto tengo la sensación de que, bajo nosotrxs, se abre algo. El lugar en el que papá y mamá se conocieron, cuando mamá tenía los mismos años que yo tengo ahora, está bajo doscientos metros de agua. Ellos terminaron expulsados por un líquido oscuro que vino de quién sabe dónde, juntos, fuera de este cañón que evidentemente no debería haberse anegado. Venimos de una inundación que trajo el progreso. Eso es lo que sigo pensando mientras lxs demás miran a todos lados esperando encontrar la razón que me pone así. Ven mi vértigo. Me dejan fuera de las bromas que comienzan a hacer y, cuando el calor nos pica demasiado en la piel, le piden a Héctor que volvamos. A la mitad del camino nos pregunta si queremos pasar a las cabañitas.

Bajamos de la lancha. Caminamos hacia arriba unos cincuenta metros y nos recibe un señor amable que nos pregunta si queremos conocer.

Queremos.

Hugo nos espera y se sienta en una sombrita. Héctor le hace compañía. Así que Ana, Oli, Camila y yo seguimos. El hombre nos cuenta que son diez habitaciones, que hay que reservar con anticipación porque se llenan cada semana. Hay internet, en la entrada, donde se quedó Hugo. Las construcciones combinan una intención lujosa con lo rústico y barato de los materiales que están a mano. Las familias se juntan alrededor de los asadores, el olor de la carne atrae a las moscas. A nosotras se nos olvidó desayunar. Caminamos y vemos todo lo que hay ahí dispuesto para turistas: algunas sillas, jardineras, unos troncos cortados que sirven de bancos, un columpio pequeño en un mezquite.

Cuando regresamos, Hugo está platicando con otro señor y tiene una cerveza en la mano.

Él es Florencio, me está contando que vivió en Vistahermosa.

Florencio nos mira, asiente. No es difícil que empiece a contarnos. A la izquierda de él están su esposa y dos muchachas, como de diecisiete y veinte. Siguen sentadas un ratito hasta que alguien les pide que vayan a arreglar la cabaña que se acaba de desocupar. Hay una camioneta pero no entendemos para qué.

—Se le acabó la gasolina —dice Florencio cuando nota nuestra atención—, pero al ratito traen.

—¿Y llega con ella al pueblo?

—Es nada más para aquí, no hay forma de llegar por tierra. La usamos para que la gente no tenga que cargar cuando trae muchas maletas o para subir la despensa. La trajimos en la balsa que vieron en la entrada.

—¿Y sí aguantó?

—Claro que aguantó. Quiero hacer cabañas flotantes. Y un restaurante. Esto está creciendo mucho.

—¿Sí viene mucha gente?

—Cada fin de semana vienen un montón. Y no tenemos nada que ofrecerles. A la gente le gusta venir a pescar y a nadar, comer bien, desconectarse.

—Pero el agua está contaminada, ¿no?

—Eso dicen los de la Comisión Federal, pero no es cierto. Lo que pasa es que el agua del río sí está contaminada, pero cuando llega aquí choca con el agua de la presa que tiene muchos años. En lugar de revolverse, baja. Entonces lo contaminado está allá abajo. Arriba es agua que se puede usar.

—¿Usar?

—Sí, para todo. Nosotros usamos agua que tratamos de la presa. Los pescados están limpios. Hasta se puede nadar.

—¿Pero nadie se enferma?

—¿De qué se van a enfermar?

—Entonces usted vivía en Vistahermosa.

—Sí, también ella —señala a su esposa—. Yo me fui antes a Estados Unidos y volví ya al final, cuando vi que esto iba en serio. Ella se quedó. En el 89 vinieron a medir, a hacer pruebas, nos dijeron que iban a hacer una presa muy grande y nos iban a reubicar, pero nadie les creyó. Después volvieron con máquinas y ya ahí no pudimos hacer mucho. Intentamos organizarnos, hicimos asambleas, quisimos decir que no, pero qué nos iban a andar escuchando. Aparte pues eran muchas mujeres solas, no iban a poder contra los ingenieros.

—¿Y cómo estuvo la reubicación en Bellavista? ¿Les gustaba su casa?

—Nada. En la sala lo primero que hice fue poner una fotografía muy grande, enmarcada, de cómo era mi casa aquí. Se ven los árboles. Mis hijas no la conocieron, la única que todavía nació en el pueblo es la grande, ya casi no se acuerda. Yo cómo me voy a olvidar. Esto era como un paraíso. Había de todo. Pero me fui desde antes. No quería cuidar chivos toda la vida. Me vine de regreso cuando ya iba a pasar todo, mi mujer no podía sola. Terminaron de construir y nosotros vimos casas hundirse. Veníamos a ver cómo los cuartos se iban tapando por el agua, hasta que un día ya no se vio nada. Los techos de lámina empezaron a levantarse pero luego que se pudrieron también se fueron hundiendo. Lo último en esconderse fue el panteón, porque estaba muy en alto, aquí nomás a la vueltita.

—¿No que habían movido también a los muertos?

—A quienes quisieron. Mi papá se quedó, lo tengo bien cerquita. Está enterrado y luego bajo el agua, el pobre no ha de soportar tanto peso. De vez en cuando voy a visitarlo con la lancha y le echo sus flores.

Florencio hace una pausa para ofrecernos más cervezas y le pide a su hija menor que nos traiga unas, frías y perfectas para soportar el calor. Luego sigue.

—Nos ofrecieron dinero por cada árbol frutal y luego allá ya no creció nada. Aparte del dinero, cortamos lo que pudimos para hacer leña. Acarreamos con camionetas. Casi todos compramos una o dos cuando nos pagaron. Pero varios las chocaron, se pusieron borrachos y las destruyeron todas. Al día siguiente iban a comprarse una nueva. Tantísimo dinero que nadie de nosotros había visto junto en su vida. Y en las camionetas fuimos moviendo las cosas.

Cuando quitaron los postes, dejaron los cables de cobre en la tierra y a nadie se le ocurrió llevárselos. Ahí estaba la riqueza. Y se quedó bajo el agua. El otro día vino un muchacho gringo que es buzo. Le pregunté que si me podía conseguir el equipo. Entre el traje y los tanques son como setecientos cincuenta dólares. No le hace. Eso lo voy a recuperar cuando baje. También pienso que a los turistas les gustaría bucear aquí: ver lo que hay abajo, lo que queda de nuestras casas.

—¿Y sí se puede bajar tanto?

—Me dijo que sí.

—¿A usted le gustaría bajar?

Toda la plática fácil de Florencio se termina ahí. No responde y le da un trago profundo a la cerveza. Su esposa, que ha estado callada todo el tiempo, voltea para otro lado, disimulando. Algo se hunde en sus ojos cuando lo vemos imaginar casas cubiertas por algas, quién sabe cuántas especies abisales habrán nacido ya en su memoria, especies inimaginables como esas que tienen luz en la boca para atraer a sus presas, especies sin forma o con mandíbulas enormes y amenazantes que se comieron todo eso que él y su familia tuvieron un día.

Maíz: lo de una hectárea.

Lápices: los de un estuche de veinticuatro.

El incosteable lujo de quedarse en casa, el petróleo convertido en gasolina. El petróleo convertido en carritos de juguete. Un petróleo múltiple y nómada.

Papás: los de una primaria.

Los autos que se ensamblan en México deben tener un cierto porcentaje de piezas fabricadas en América del Norte después del TLC. Los cuerpos que se ensamblan en México no importa si tienen piezas fabricadas en dónde. Todos esos cuerpos son una pieza diminuta para una maquinaria más grande; es un lugar común decirlo, un lugar común de quienes no pueden costear la cercanía con sus hijas. Ciertas semillas nacen para pelear.

Un hecho traumático en Wall Street es un hecho traumático en cada casa de esta comunidad y hacemos todo para evitarlo, pero es el efecto mariposa. Personas, primordialmente hombres, son requeridas para realizar trabajos en otros campos que no son el suyo. Ciertas semillas crecen aunque se les abandone, como Aurora, aunque su papá esté del otro lado, aunque su mamá vaya y vuelva hasta Tijuana para conseguir fayuca y la deje a cargo de sus hermanos mayores. Es ella la que cocina y es ella la que limpia. Ellos, a cambio, la hacen sentir segura. Primordialmente hombres de entre catorce y cuarenta y cinco años fueron a Estados Unidos cuando el campo se fue debilitando con el neoliberalismo. La economía se abrió a la competencia internacional y se quitaron todo tipo de apoyos y subsidios a los productos agrarios.

Cuando pasaron de ciclo, a Aurora y sus hermanos les regalaron carritos de lujo. No podían abrir ninguno porque todos eran de recuerdo, algo valioso que un papá te trae para que pienses en él mientras los ves encima de la repisa de la tele. Cuatro cochecitos enfilados mirándolos de frente. El suyo era el rojo.

Ciertas semillas generan mazorca: la palabra *Monsanto* no aparece todavía en sus conversaciones.

Si hubieran sustituido por carritos de juguete los espacios de todos los padres ausentes de todas las niñas y de todos los niños de la escuela primaria Mariano Matamoros, El Palmar, Cadereyta de Montes, clave 22DPR0258G, tendrían una cancha y una autopista de cajas de acrílico con los cochecitos guardados. Y no habría un solo hombre. Se cuentan por decenas los carritos de plástico a control remoto para Navidad y Reyes, se cuentan también por decenas las camionetas chocolate importadas ilegalmente. Sus llantas anchas y sus permisos provisionales que duran años sobre los tableros hablan de una prosperidad que nació prohibida.

Los espacios en blanco no pueden taparse con ningún juguete. Las personas pueden salir ilegalmente y los bienes pueden entrar, pero su estatus de bienes susceptibles de ser expropiados es una mancha imborrable, una calcomanía en los parabrisas, una placa de Nevada, Arizona, New Jersey, Florida.

«Flórida» dicen ellos cuando vuelven, «Florida», dicen ustedes solas aprendiendo a ver las flores en un campo seco. Déficit de personas y superávit de carritos. Camionetas que se quedan aquí y ya nadie maneja, ventanas a las que no se les ponen vidrios sino tablas, la luz también es un privilegio.

Escuchan en la radio discursos sobre la globalización y el maestro intenta explicarles: parece ser una vía óptima para la reducción de la pobreza porque se comparte la riqueza. Eso dice pero notan la desconfianza y todo lo que les rodea. Los cochecitos de Aurora son un recordatorio: ella no va a ser, no va a tener, no va a ir. «Estudia, hija», le dice su papá en las llamadas telefónicas de los domingos mientras allá se dedica a manejar una troca que transporta materiales de construcción.

Cuando se trata de empleos generados gracias al comercio internacional, hay dos posibles escenarios resultantes: uno positivo donde se dan grandes oportunidades de empleo a las personas, y otro negativo donde sus llamadas son siempre atravesadas por el ruido como de una llanta que corta la comunicación y la suspende, como el ruido de un tráiler que se aleja en la carretera. Sus llamadas son una llanta que se abre paso entre el lodo de una tierra que no tenía razones para anegarse. Una llanta que frena antes de entrar al camino, una llanta que lleva impregnado el olor a zorrillo en medio del campo. El teléfono de la caseta en la que Aurora recibe todos los domingos a las tres de la tarde la llamada tiene el lenguaje de una llanta como esas con las que fabricaron columpios en la escuela Mariano Matamoros: una cosa puesta en lugar de otra para disimular que no hay presupuesto.

Con el paso del tiempo, la economía mexicana se ha «especializado» en la generación de tres mercancías que resultan sumamente atractivas para el mercado mundial: mano de obra barata, drogas ilegales y. El teléfono de esa caseta. Migrantes indocumentados (y, por lo mismo, muy baratos. Tiene el lenguaje de una llanta. Como fuerza de trabajo). *Still right next to you* le dice a Aurora su papá y ella no entiende. No basta con emprender negocios tan comunes como tortillerías. Yo sé que extrañas las tortillas, pa. Sino algo que genere valor, innovador. Pero por mucho que quiera no puedo llevarte unas de las que hicimos para la fiesta. Que sea tan bueno que pueda ser exportado internacionalmente. Llévame contigo y te hago todos los días, ¿allá también hay maíz? Si es exportado entonces ayudará significantemente al producto interno bruto. Papá, para Navidad quiero. Tres hombres a nombre de tres países firmaron. Un Tyco RC que se maneja a control remoto. El Tratado de Libre Comercio. Y una caja de treinta y seis. En los últimos años, es el maíz el producto que más. Colores crayola cuando vengas pero. Exporta Estados Unidos hacia México. Sobre todo el Tyco, te digo que es. Cuando se mezclan la política y la economía, se espera que. Un carrito de tres ruedas capaz. La economía influya en las decisiones políticas y no al revés. De dar vueltas sin moverse de lugar. La economía agraria se enfocó cada vez más a la. Sí, como una tortilla en el comal, pa. Exportación de ciertos productos con ventajas comparativas, la contrarreforma agraria de 1992, aprobada durante el gobierno de Carlos Salinas de Gortari. También para Navidad quiero un Hot Wheels de Barbie. Las mejores tierras fueron acaparadas por monopolios internacionales. Ya sé que no puedes. A tal punto que, para el año 2013, el ochenta por ciento de los principales productos de agroexportación y algunas industrias. Traerme uno también para Irene, pero escúchame, por qué no mejor cuando vengas. Derivadas estaban en manos de empresas extranjeras. Compramos aquí la camioneta nueva que quieres traer desde allá. Los terneros mexicanos —que probablemente se alimentan de maíz estadounidense— se exportan a Estados Unidos, donde se engordan más y posteriormente. Y yo te ayudo a escogerla. Se sacrifican para poder exportar carne al extranjero. Piensa y me dices la semana entrante. Incluyendo México.

Pero la semana entrante no llega o más bien llega la semana, pero. Hay demasiada volatilidad. Lo que le dicen a Aurora. En los mercados agrícolas. Es también como una llanta a punto de encontrarse con un clavo o, mejor dicho, como el hueco de una dona. Cerrar sus fronteras. En la mitad del estómago. O perder acceso a socios comerciales preocupa a los agricultores, lo importante. Tu papá, le dice su mamá. Es poner un filtro. No va a venir este año. Que salgan mercancías y que no entren personas. Pero pídele. Y si llegan. A Santa Clos. A entrar que sean invisibles, que se comporten. Ese carrito que tanto. Y se conformen. Quieres, tu Tyco porque. Con poco menos del. Tu papá me contó que. Salario mínimo, que. Le contaron que. Puedan. Santa sí va a llegar. Hacerse chiquitos. Hasta acá este año. Y caber diez. Con una caja que tiene. En un cuarto. El tamaño. Y se. Exacto. Levanten. De lo que. Temprano. Pediste; y su mamá no sabe cómo contárselo aunque ya todos en la escuela. Finalmente. Saben: que su papá. El Tratado. No vuelve ni este año. De Libre. Ni el otro, se le nota. Comercio. La mirada de tristeza y Aurora. Hizo lo mejor. Lo sabe pero quiere pensar más en el Tyco, los colores y la playera de los Rugrats. Para. Pero además de esa caja vie. Este. Ne otra con el ta. País. Maño exacto de lo que pidió y ya no lo qui. Sacó. Ere: la caja tien. A. E el tamaño exac. Ca. To de papá acostado un do.

Da. Mingo a las siete de la mañan. Pue. Antes de ir a
la ras. Blo. Pa. De su z. La caja tarda me. Ona de. Ses
en llegar porque en Mé. Conf. Xico los trámites. Ort.
Tardan.

Y el Tyco ya no tiene baterías cuando de la camioneta
bajan entre seis hombres el cuerpo.
Aurora no dice nada.
Esa caja es todo lo que cruza la frontera
y llega a su pueblo.

Apenas dos semanas después de que el papá de Aurora murió, su mamá tomó la carriola que había usado el más pequeño de sus hijxs, estaba guardada en uno de los cuartos a medio terminar, tardó un buen rato en desempolvarla y quitarle las telarañas. Cuando la sacó al sol, el resplandor hizo que se notara lo pálido del estampado: los animalitos de colores que habían parecido felices cuando estaba nueva eran la confirmación de un tiempo en el que algo comenzó, se abrió con luz propia y luego se fue apagando.

La llenó de dulces y fue primero a la clínica. Algunas mamás le sonrieron, casi compasivas, y compraron una paleta o un dulcecito para aliviar el llanto de sus bebés recién vacunados. A las doce y media cruzó hacia la primaria, donde casi de inmediato había un pequeño enjambre de niñxs rodeándola.

La salsa se terminó pronto, igual que los chicharrones que también vendía. Hizo lo mismo todos los días durante dos meses. Cuando ustedes salían de la escuela, iban siempre hacia la carriola y jugaban cerca un rato.

Una vez Aurora llegó con una caja entera de pulparindos y te la dio. Esto te lo manda mi mamá, dijo, seca y sin quedarse demasiado. Sentiste que ella quería alejarse rápido de ti, tomaste la caja y bajaste la mirada. No entendías nada, no era tu cumpleaños ni el día del niño ni Navidad, y ahí estaban los dulces que te había dado de mala gana, como para insistir en que estaba enojada contigo y que si te los llevaba era porque su mamá se lo había pedido, cosa rara porque desde la vez de los vestidos de hawaianas a ella no le gustaba que ustedes estuvieran tan cerca. Después viste que estaban vendiendo todo al dos por uno y que, cuando quedaba poca mercancía, comenzaron a regalársela a las niñas que pasaban por ahí.

A la mañana siguiente, ni Aurora ni sus hermanitos ni su mamá llegaron a la escuela. No volvieron jamás.

De regreso a la ciudad pasamos con mamá y Bertha, que están regando las plantas del patio cuando llegamos. Como no le avisé, no tiene nada que ofrecernos, pero saca un tupper con sandía y chile en polvo. Aprovecho para bañarme y quitarme el olor que siento pegado aunque mis amigxs me dicen que no huelo mal. Mientras, mamá le hace plática a Camila, le gusta su acento y le pregunta cosas de por qué llegó aquí; Camila responde sonriente. Tengo miedo de que mi mamá sospeche pero también desearía que se enterara para ahorrarme la conversación incómoda. Abro la regadera con el agua muy caliente, lo más caliente, que me queme la espalda. Las gotas se evaporan rápido y con ellas me evaporan a mí: es mi piel una membrana que se levanta hacia el techo de azulejos, mis músculos, mis huesos, todo se vuelve apenas distinguible, como un fantasma de mí misma que se expande en la habitación que lo contiene. Aprendo a disfrutar el estado gaseoso y fantaseo con quedarme así: una condición amorfa del agua, una intención de no parecerme a nada que conozca, y poder acompañar así a Camila, a mi mamá, a mis amigxs: nutrir las plantas que crecerán para darles de comer y que me coman en ellas, entrar en sus cuerpos para luego salir y ser de nuevo algo afuera. Ida y vuelta en un ciclo que no está vivo pero posibilita sus vidas. En eso pienso hasta que el agua se enfría y lo que era vapor vuelve a ser líquido, y lo que era líquido recupera su forma: soy yo otra vez, que me envuelvo en una toalla y guardo silencio. Cuando salgo Hugo y Oli están yendo por gorditas al mercado. Me sorprende que mi mamá les encarga una, siempre se queja de la mucha grasa que tienen, dice que es como comerse cinco horas de gimnasio.

A ti siempre se te antojaban cuando volvían de la escuela y, a veces, te dejaba comprarte una para comértela en el camino, eso le iba a ahorrar el trabajo de pensar en la comida y le daría tiempo de tomarse una siesta de quince minutos antes de empezar la limpieza y la cena para que todo estuviera listo cuando papá llegara.

Comemos rápido porque Hugo no quiere que se nos haga noche en el camino. Cuando salimos de Cadereyta, la tarde ya está pardeando. En una hora estaremos en casa. Apenas subirse, todas se quedan dormidas, yo no puedo. Hugo le sube un poco a la música para mantenerse despierto pero no tanto como para interrumpir el sueño de las otras; yo me pongo los audífonos. Busco en YouTube videos sobre la construcción de la presa. En uno que encuentro aparece primero el logo de fundación ICA, luego el Ing. Bernardo Quintana como presidente. La dirección de informes: Av. del Parque 91, Col. Nápoles, México, DF. Se confunden sonidos de sintetizadores con los helicópteros que pasan en un encuadre abierto. Después, caminos de llantas trazados en un cerro y cantos gregorianos con música electrónica. Voces de pilotos que dan indicaciones. Aguas grises y espumosas. Voz en *off*: Mira el paisaje, inmensidad abajo, inmensidad, inmensidad arriba. En el hondo perfil, su sierra altiva al pie minada por horrendo tajo. Letras fosforescentes que ocupan la pantalla: CFE, Comisión Federal de Electricidad. ZIMAPÁN PROYECTO HIDROELÉCTRICO. Más música grandilocuente, más helicópteros. Una producción de los Estudios Churubusco. La Comisión Federal de Electricidad, para satisfacer la demanda de energía eléctrica de nuestro país. Un hombre activa un detonador y estalla una parte del cerro. Diseña y construye el proyecto hidroeléctrico Zimapán. Monitores y computadoras. Enero de 1989. Los estudios de evaluación y prefactibilidad, y los básicos en hidrología y geología de las cuencas del Valle de México, del río Tula y del río San Juan, así como los registros de escurrimientos, azolves, evaporaciones, temperaturas y lluvias, permitieron determinar la magnitud del aprovechamiento. Abril de 1989. Se inician las obras de infraestructura. La Sierra Madre Oriental se mira poblada por cientos de hombres que se mueven en sus cadenas montañosas y cruzan intrépidos sus profundos cañones de paredes abruptas. Enero de 1993. La distancia entre el campamento central Mesa de León y la Casa de Máquinas es de diez minutos de vuelo, tres horas y media por tierra. Helicópteros. El Proyecto Hidroeléctrico Zimapán se localiza en los límites de los estados de Hidalgo y Querétaro. Tiene por finalidad principal la generación de energía eléctrica aprovechando el potencial del Río Moctezuma, el cual forma parte del sistema hidrológico del Río Pánuco. El área está en la zona limítrofe de las provincias fisiográficas de la Sierra Madre Oriental y del eje neovolcánico transmexicano. Explosiones. Para facilitar los trabajos de construcción, se abrieron más de ciento treinta kilómetros de caminos de acceso y definitivos en lo más abrupto de la Sierra Gorda, por donde transitan poderosos camiones que mueven cientos de miles de toneladas de materiales. Camiones, plataformas, choferes secándose el sudor de la frente. Más caminos que pasan en fila. De las pedreras, se extraen los materiales con los que se producen agregados para el concreto. Líneas por las que se deslizan rocas partidas, más camiones, cláxones. Para la obra de contención, se construyeron plataformas a doscientos metros de altura a las que llegan camiones por túneles de acceso. *Zoom out* desde el camión hasta el precipicio. Más música grandilocuente mientras un embudo gigante vierte algo que parece chapopote. La grúa principal de cortina tiene una longitud de más de cien metros. Vuelven los cantos gregorianos. En esta boquilla se conjugan favorablemente las características geológicas y topográficas para construir la cortina del tipo arco-bóveda. Dentro del cañón del Infiernillo, una grúa enorme se sostiene en el aire mediante cables, a corta distancia de donde se unen los ríos Tula y San Juan para formar el río Moctezuma. Un hombre con casco opera una máquina. La cortina tendrá una altura desde el desplante hasta la corona de doscientos siete metros por ciento quince de largo. Trompetas electrónicas. El hombre, la obra, la región son impactantes. Vista desde un helicóptero a la presa. Taladros. La obra de excelencia son dos túneles paralelos de 9.90 metros de ancho por dieciséis. Cuatro de altura, y con una longitud de quinientos metros cada uno. Voces de hombres dando indicaciones y explicaciones. Sonido de maquinaria. Otro helicóptero. Un hombre expone con un rotafolio ante otros hombres en una oficina. La construcción de la cortina se encuentra actualmente en una fase muy importante. Hemos iniciado el desplante de la cortina a elevación mil trescientos sesenta y dos, hemos terminado la construcción de los bloques cuatro y cinco con un volumen de concreto de quince mil metros cúbicos. Esto significa... Sonido de arpas y transición de vuelta a la Sierra. La excavación subterránea se ataca por varios frentes, llamados ventanas. Vista desde el fondo de la sierra hacia los helicópteros y hacia tres letras enormes sobre una construcción de concreto. C F E. Unas manos con guantes ajustan una tuerca. El pozo de oscilación y la tubería a presión están en la unidad superior de la formación de las trancas, en tanto que la parte inferior del pozo de oscilación, el extremo final del túnel a presión y la casa de máquinas están dentro de la unidad inferior de la misma formación. Vista a un túnel profundo con cables. Las masas de roca reportaron valores compatibles de buena calidad, determinando que los macizos rocosos son satisfactorios para los procesos geotécnicos de construcción. Un obrero con casco amarillo sostiene un teléfono y le dice a otro del otro lado de la línea «ya llegamos a cien metros», la voz superpuesta que no coincide con el movimiento de sus labios. Hombres con palas excavando. Considerando las características anteriores, los trabajos de inyectado se limitan al tratamiento de contacto entre el concreto y la roca de apoyo. Vistas al interior del túnel con los trabajadores. El túnel de conducción tiene un diámetro de 4.70 metros y una longitud de veintiún mil ciento treinta y dos metros. Es el más largo del país en esquemas hidroeléctricos, y el segundo, tomando en cuenta el drenaje profundo de la Ciudad de México. La casa de máquinas es de tipo subterráneo, y tendrá dos unidades tipo Pelton de 146 megawatts de potencia, cada una, para aprovechar una carga de diseño de quinientos sesenta y tres metros. Vista a la casa de máquinas en construcción. Zimapán, proyecto hidroeléctrico, se encuentra en su fase más alta, trabajando cuatro mil quinientos hombres y mil quinientos equipos y vehículos. Cabe destacar la importancia que tiene el crecimiento del área metropolitana de la Ciudad de México, ya que los afluentes de la misma representan un volumen significativo y son desalojados hacia la cuenca del río Tula, principal aportador del proyecto. Cláxones, vuelta al exterior polvoso, tractores. A finales de 1994, entrará en operación la primera unidad generadora de la Central Hidroeléctrica Zimapán, que, por su cercanía a las ciudades de Querétaro y México, y su facilidad de intercomunicación con el sistema eléctrico nacional, ayudará a satisfacer las demandas de energía eléctrica de la región central del país. Hombre en plano nadir, enfundado en un traje amarillo lleno de lodo, mirando al horizonte. Un paneo muestra a otros tres hombres en la misma actitud. Con obras como esta, la Comisión Federal de Electricidad sigue aportando energía para el crecimiento y desarrollo del México de hoy, del México moderno. Hombres siendo llevados a la superficie en un elevador. Un gran esfuerzo de los mexicanos para México. Los mismos hombres bajando del elevador y pisando la superficie. Logotipo de la CFE, Comisión Federal de Electricidad. De nuevo el logotipo de Fundación ICA.

El promocional dura once minutos con treinta segundos. En ninguna de las tomas hacia el abismo se ven los pueblos, apenas se asoma tímida, brevemente, la torre de una iglesia. Tampoco aparece una sola mujer en todo el video. Googleo lo de inmensidad

225

arriba, inmensidad abajo que aparece al inicio; me suena conocido. Encuentro la cita en «Idilio Salvaje», de Manuel José Othón, un poema compuesto con seis sonetos. El final del citado (que no retoman) dice:

asoladora atmósfera candente
do se incrustan las águilas serenas
como clavos que se hunden lentamente.

Silencio, lobreguez, pavor tremendos
que viene solo a interrumpir apenas
el galope triunfal de los berrendos.

Parece que Othón lo escribió para hacer homenaje a la zona en la que había crecido y, al mismo tiempo, contar la desilusión de un amor prohibido, por eso se publicó póstumamente, para no ofender a su esposa. En el poema, el despecho torna ominoso el paisaje y sus descripciones casi violentas construyen la idea de una naturaleza despreciable y repelente. Exactamente lo mismo que hace el documental, pero con las ideas de progreso puestas en lugar del desamor. Una y otra vez lo leo y me siento ridícula de hallar aquí algo que suena como el motor ahogado que traigo en el pecho.

Fabi y tú volvieron a ser amigas porque la ausencia de Aurora les dio algo nuevo en común, como un juego de mesa y una ficha imprescindible definitivamente perdida: un juego que jugaban sabiendo que no iba a llevar a ningún final. Fuiste tú quien se le acercó un día en la fila de los honores y le preguntaste si quería que juntaran sus plumines para hacer la tarea juntas. Ella, sin mucho entusiasmo, te respondió que sí. Fabi y tú tuvieron miedo de volver a la nube de Martina porque no sabían si iban a lograr conjurarla de nuevo. Ya nada se sentía como antes, pero dos semanas después, se decidieron. Martina hizo llover, aunque no hubo gotas rosas. Oscilaban entre azul y verde todo el recreo. Siguieron llevando a sus Barbies, y siguieron también bañándose bajo esa agua tibia sin ser descubiertas. Ustedes ya eran distintas y todo empezó a verse mucho más descolorido, una foto con la exposición mal calculada eran los días.

A la maestra sí le avisaron antes que Aurora iba a irse, pero no les quiso adelantar nada. Aurora no sabía, porque le dijo a Fabi que la siguiente semana le iba a llevar unos garambullos que estaban casi maduros cerca de su casa, que podían convidarte si querías.

Unos días después, Güencha te llevó al cerro a conseguir esas frutitas de color rojo oscuro que le convidaste a tu amiga. Las lavaron y se sentaron a comerlas en el patio de la escuela.

Era como estar llorando.

—¿Tú te acuerdas de Tina y Daniela?

—Sí, que Tina trabajaba en tu zona escolar, ¿no? Me acuerdo que iban a los juegos magisteriales las dos.

—Tina siempre traía camisas.

—Fue la primera a la que vi usar tenis con camisa vaquera.

—Unas camisas de colores muy llamativos.

—Ajá, y el pelo cortísimo.

—Daniela se vestía más como todas, ¿no?

—Usaba de esas batas largas de las que se ataban con un moño por detrás, en la cintura. Y siempre se maquillaba con sombra azul.

—A mí me caían muy bien. A tu papá no.

—A él no le caía bien nadie.

—Vivían juntas, ellas dos. A la gente se le hacía muy raro.

—Eran muy llamativas.

—Sí, es que además Tina era muy ruidosa, y muy

malhablada, fumaba mucho y se iba a tomar con el maestro Ramiro y los otros profes.

—Ellos la querían mucho, ¿no?

—Sí la querían, pero la verdad es que les daba vergüenza que los vieran con ella y cuando se daban cuenta que alguien pasaba guardaban silencio o hasta la veían mal.

—¿Por qué les daba vergüenza?

—Es que la gente decía muchas cosas.

—¿Qué cosas?

—No sé, cosas.

—¿Y Tina qué hacía?

—Nada, como que se acostumbró a que así era siempre.

—¿Te acuerdas cuando Daniela se embarazó y no le dijo a nadie?

—Nos dimos cuenta porque las batas dejaron de cerrarle, pero se le notó hasta ya muy avanzado, creo que se fajaba.

—¿Para esconderse?

—Sí, se fajaba.

—¿Y nunca le preguntaste?

—Cómo le iba a preguntar.

—Pues era tu amiga.

—Sí, pero esas cosas no se preguntan, es de mala educación.

—¿Ella no se sentía mal?

—Nunca dijo nada.

—Se quedaron solas, de eso sí me acuerdo. Que

en las fiestas las dejaban solas en la mesa en ese tiempo. ¿Por qué no te sentabas tú con ellas?

—A tu papá no le gustaba que yo le hablara a Daniela.

—Pero si él era amigo de Tina.

—Por eso precisamente. Me decía que le contaba cosas.

—¿Qué cosas?

—No sé, cosas.

—Y me acuerdo que cuando nació el niño siguieron viviendo juntas, las dos lo querían muchísimo.

—¿Te acuerdas que le compraron uno de esos carritos eléctricos? Tú querías uno y tu papá no quiso, además ya estabas medio grande para eso, ¿no?

—Pero sí cabía. Me hubieran dejado ir a jugar con él.

—Es que a tu papá no le gustaba.

—¿No le gustaba qué?

—Que salieras. Y menos con ese niño. Y menos con ellas. Decía que quién sabe qué mañas te iban a enseñar.

—¿Ya no las ves?

—Hace mucho que no. Me encontré a Daniela en la cremería y nos saludamos, pero es como si no nos conociéramos.

—Porque ya no se conocen, hace muchos años de eso. ¿No te gustaría invitarle un café para platicar ahorita que ya no está mi papá?

—Sí me gustaría, pero no sé, ya ves que la gente sigue diciendo cosas.

231

—¿Pero qué cosas, ma?

—No sé, cosas.

—¿Y por qué las sacas a cuento ahora?

—Es que tú me recuerdas un poco a ellas, a veces.

El maestro Ramiro llegó y se sentó enfrente de ti mientras esperábamos el almuerzo que las mamás habían preparado. Era fin de cursos y todas las niñas estaban vestidas de color lila. Esta vez los modelos eran distintos, cada quien podía elegirlo mientras el color fuera el mismo; antes, todos los años habían mandado a hacer todos los vestidos con la misma costurera. Todas traían tocados en la cabeza, medias blancas o transparentes y tacones más o menos altos. Como un ensayo colectivo de las fiestas de quince años. Ese día todos los profes se ponían traje. Las maestras, igual que siempre, traían trajes sastre y zapatillas. Como era festejo de la escuela y no de la zona, estaban solo lxs maestrxs de la primaria. Entonces el maestro Ramiro te hizo plática:

—¿Ya sabes que ya no vas a ver a Fabi?

—No es cierto, la vi el viernes en el recreo.

—Sí, el viernes en el recreo, ¿pero ya viste que no está hoy?

—Es que sus papás no vinieron.

—Pero ella estaba en el festival, ¿no?

—Sí, con los del B, les tocaba bailar Santa Rita.

—Por eso, ¿ya viste que no está? Ya se fue a Tamaulipas con sus abuelos. Menos mal que terminó el año. Yo no lo puedo creer, tan bueno que se veía el Toño, tan felices. Y eso, Irenita, caras vemos…

—¿Pero qué pasó?

—Pensé que sí sabías. Yo nada más te iba a contar que Fabi ya se fue.

—¿Pero por qué se fue? ¿Cambiaron a sus papás?

—Irenita, Fabi ya no tiene papás.

Los diminutivos nunca te habían molestado tanto como en ese momento.

—¿Cómo que no tiene?

—Sí, bueno, sí tiene papá, pero no creo que lo vuelva a ver. Sus abuelos ya se la llevaron.

—¿Y su mamá?

—A su mamá él la llevó en el carro, pero fue tan bruto que le puso una sábana en la cara, yo creo que no soportaba verle los ojos perdidos, ni la sangre. Hasta siento que quería que lo agarrara la policía. Fabi y el bebé se quedaron en la casa, él iba a regresar. Parece que sí quería echarse también a la niña, porque se había dado cuenta. Ella vio.

—¿Vio qué?

—Es que perdió los estribos porque ella le descubrió lo de la amante. Y le empezó a gritonear, que cómo se atrevía, que por qué con una compañera, que se iba

234

a regresar con sus papás, que se iba a llevar a lxs niñxs. Él quiso explicarle y ella no lo dejó. Se encerró en el baño. Él abrió la puerta a golpes y a golpes se siguió con ella, fue con una figurita de resina, una sirena. No resistió el madrazo en la nuca.

Les trajeron entonces sus platos de arroz con mole verde, que hasta entonces había sido tu favorito. El maestro Ramiro se prepara un taco y tú volteas a ver a tu mamá, que está tres o cuatro sillas más adelante. Él se lleva el pollo caliente a la boca, tú te levantas, vas hacia mamá que tiene a Bertha en brazos y le preguntas retadora.

—Ma, ¿tú sabías? Ma…

—Sí, sí sabía.

—¿Y por qué no me dijiste?

—Yo no pensé que te fueras a enterar.

—¿Pero por qué no me dijiste?

—Te iba a decir que se había quedado en Tamaulipas cuando…

—¿Tú tienes el teléfono de los abuelos de Fabi?

—…Cuando se terminaran las vacaciones.

Ves la mirada de odio que le lanza al maestro Ramiro mientras niega con la cabeza.

—¿Tú tienes el teléfono?

—No, no lo tengo.

Bertha le jala el cabello a mamá y ella se distrae. El festejo sigue. Papá está furioso pero lo disimula, tú pides permiso de irte y te echas a correr a la nube de Martina. Gritas, gritas muchas veces y bien fuerte pero

235

no llueve de colores. El resto del cielo está nublado pero nada de las gotas que eran para ustedes. Ni rosas, ni azules, ni verdes, nada. Sales de la escuela, caminas rápido, como si quisieras ahogarte con el aire denso, y vas a casa de Güencha, la tienda está cerrada. Tocas una vez, muchas veces, y nadie te abre. Cruzas al bordo que está casi seco y quieres meter ahí los pies, enlodarte, dejar de respirar. No te atreves y vuelves a sentarte en la banqueta sin llorar hasta que un par de horas después pasan papá y mamá en el coche y te recogen. Que por qué no te regresaste si no había nadie, te preguntan. Apenas van en la carretera, él empieza a gritarle a mamá por haber permitido que tú te enteraras así. Bertha y tú se abrazan todo el camino. Te quedas dormida, sueñas con Fabi y su muñeca con moretones. Ese día aprendes lo que se siente estar sola y vas a sentirte así todos los años que te quedes viviendo ahí. Tu mamá va a mirarte por el retrovisor y no vas a alcanzar a ver las lágrimas que le caen a las manos, esas lágrimas le van a dejar marcas que muchos años después yo voy a mirar y preguntarle cómo se le hicieron. Ella, otra vez, va a responder que no se acuerda.

Me acuerdo de ese poema de Clara Muschietti que se me transforma en la memoria: Debería irme a dormir, pero me desilusioné mucho con los garambullos que compré hoy en la mañana afuera de la carnicería. Pensé que serían cremosos y riquísimos, pero no, son opacos y secos, como una pasa. No voy a comparar esto con mi vida. A veces no hace falta.

Pienso en los garambullos, ya sé que una desilusión tan tonta no tendría que ponerme así. El tema es que tengo un pasado.

Todo el día pensando en los garambullos, dejándolos para más tarde, haciéndome desear para nada. No los voy a tirar. Los voy a dejar en el refrigerador hasta que se pudran.

El día que volvimos, Florencio nos esperaba con unas mojarras fritas con papas y una salsa de molcajete. Las engullimos solo detenidxs a veces por las espinas que se nos clavaban en el paladar. «Es que hay que saber comerlas», nos decía cada que nos veía escupir una con un pedazo de carne todavía adherida. Así es con todo en este lugar, el chiste es saber. El agua llegó a darnos todo lo que necesitamos, pero nadie se da cuenta porque están más pensando en cómo les quitaron todo.

Hugo sacó la pachita y la roló a su izquierda. Cuando llegó a Florencio, él no probó.

—No me gusta tomar cosas que no sé de dónde vienen —dijo, y pasó el recipiente.

Quedaban tan solo unos tragos y probablemente apenas hubiera alcanzado a sentir el sabor.

—Todas las camionetas ya se han de haber oxidado, después de tanto tiempo. Toda la herrería. Alguna nos la llevamos, pero todo lo que se nos quedó. Mi hija, la más grande, a veces sueña con una muñeca

238

que se le olvidó, que está viva y quiere salir y quiere subir pero se atora con una rama, que tiene el pie atorado, dice. Imagínense, después de tanto tiempo. Ahora que tiene hijas me cuenta también que las hijas a veces están ahí junto con ella, que la intentan zafar pero que se hunden en el lodo, se hunden. La muñeca flota y no se vuelve a hundir para alcanzarlas.

»La última vez que me fui al norte me llevé unos quesos de los que hace mi comadre. Así nada más, en la hielera, ya ven que cruzo en la troca. Sí aguantaron bien. Allá llegando les hablé a mis compas que si querían… y hubieran visto. Cada queso en treinta dólares. Acá yo los compré a ciento veinte pesos. Sí fue negocio. Lo que pasa es que allá todo es como de plástico, las construcciones, la ropa, los quesos. A veces hasta pienso que la gente es de plástico también, como esos monigotes que tienen una base y son de colores y están llenos de rebabas, de esos con los que los niños jugaban: muñecos de plástico que sirven para hacer cosas pero no tienen nada adentro. Todavía hay pero eso ya no les gusta a mis nietos. Puro celular. A nosotros nos ponían a trabajar porque qué plástico, cuero curtido éramos. Así que cuando me fui para allá ya nada me entraba en la piel, ni las espinas de la mora, de la frambuesa, no les entraban a nadie de nosotros, ni a los más chiquititos. Yo me llevé a mi sobrino porque él no era para la escuela. Pues ya en ese pueblo quién iba a ser para la escuela, ¿verdad? Antes los maestros venían con ganas, les dábamos su fruta para que se llevaran el fin de semana, estaban contentos y como quiera se hacían a nuestro modo. Pero allá en Bellavista qué les íbamos a dar, si ni para nosotros. Eso les quitaba el ánimo, ya no enseñaban igual. Aparte de que les pagaron menos, yo creo que porque no era tanta la distancia y porque allá sí se tenían que regresar a sus casas. En cambio aquí vivían con nosotros, no les faltaba su huevito para desayunar. Ellos ya no le tuvieron paciencia al muchacho. Entonces, pues me lo llevé. Diez años tenía y ni un rasguño. Agarraba un montón de fruta, ahí donde los grandes no alcanzábamos. Se hizo su buen dinero pero cuando regresó, puro vino, pura vieja. Tan chamaquito. Luego le digo que me venga a ayudar, se está aquí dos días y se regresa, que no se halla, dice, pero pues allá ya no lo quisieron. Y luego hace unos años que se puso tan difícil para cruzar, pues menos. Tres veces lo devolvió la migra, ya para qué hacerle el intento. A él no le pudimos conseguir los papeles. Y yo pienso que aquí sí hay cómo hacerle. La vez que les digo que fui, ya tenía rato que no, a qué iba a andar yendo si se empezó a poner todo muy cabrón allá. Pero quería ver a mi hermano, uno que sí la hizo en grande. Empezó de lavaplatos, luego pasó a ayudante, de ayudante lo pasaron a cocinero y así fue subiendo, subiendo, hasta que ahora ya está con un chef. Ya no te cocina nada fácil, puro plato dese que sale bien caro. Una vez me invitó y no sabía yo ni cómo comer, me tuve que esperar a que empezara él para agarrarle el modo.

»Pero le dije que por qué no poníamos algo acá. Yo me encargo de todo, ya nada más para que él venga a hacer el menú y enseñarle a mis muchachas. Tienen buena mano, pues de familia. Ya ven cómo sí les gustó la mojarrita que les dimos, y es pura cosa sencilla. Imagínense, ya con la lección del tío pues todo lo que van a poder hacer. Y me dijo que sí. Hace añales que no viene, yo creo ni va a reconocer. Aunque bueno, el agua siempre es la misma, ¿no? Pero que vea las cabañas, le va a dar gusto. Y de todas formas yo le voy a seguir con los quesos. ¿También saben qué cosa es buen negocio? Las cervezas. No se puede de a muchas, porque en la revisión las detienen, pero si les digo que es para una quinceañera sí me andan dejando. Aquí a dieciocho pesos, allá a cinco dólares, pues sí sale. Y eso en lo que él viene.

»Si dinero gracias a Dios no nos falta. Supimos hacerla. No como los otros de Bellavista, esos pelados o trabajan en la marmolera o ahí andan viendo nomás qué se ocupa, no le supieron. A nosotros no nos falta nada y hasta he podido hacerme de unos ahorritos por cualquier cosa que se ofrezca, tuve suerte. Pero luego siento que ya no sé reírme como cuando estábamos acá. A veces me río y siento como que se me inunda la boca de agua puerca, hasta me entran ganas de vomitar. Me río y siento que algo me ahoga, como si la risa también se me hubiera quedado en el fondo. Pura risa corta, como si nada más a eso tuviera derecho. El nietito ese que anda por ahí es el que sí nos

241

saca carcajadas a mí y a mi señora. Lo vemos entre la tierra y vemos cómo su ma lo corretea y una risa. Ay, no. Nada más él.

»Yo eso es lo que quisiera enseñarles a estas muchachas, a que trabajen, a que no se anden dejando de sus viejos borrachos. Porque aquí todos son borrachos. Una que otra también, pero más discreta. Guardan el pulque en los envases de cloro y nomás se descuida uno y ya se empinaron la botella, quesque lavando la ropa, pero bien que ahí le andan entrando. Eso sí, no las ve uno haciendo desfiguros, no las ve uno en la calle. Ya cuando acuerdas vas pasando por las casas y se escucha pura música de Los Temerarios, de Bryndis, Industria del Amor, esas cosas. Pura desa música vieja y triste que cantan pero muy bajito, casi que ni se oye, sus voces casi que ni se oyen.

»Luego les quiero sacar plática a las niñas estas y nada, puro sí, puro no, pero como si no tuvieran cosas adentro. Será porque no han visto mucho. Será porque todo lo que ven es agua. Ellas ya no supieron de árboles.

»Yo creo que cuando lo del restaurante funcione, el mismo restaurante les va a traer mundo, va a venir gente de todos lados. Gringos, extranjeros, chance y hasta se anden quedando con uno, si de mal ver no están, nada más la seriedad pero pues eso qué le hace. Ni mi señora ni yo éramos serios, nos hubieran visto en los bailes de chamacos, ni quién nos parara. A estas muchachas no creo que las quieran para sonreír, ¿verdad?

»Hasta el otro día empecé a hacer dibujos, me lo imagino así que se pueda mover con lanchas. Que lleguen a la orilla de allá por los comensales y se los lleven al medio de la presa, y pues ahí les arrimamos todo. ¿A poco no quedaría bien bonito? Yo me imagino así, una estructura con cristales para que no pese pero sobre todo pa que se vea la vista, esta vista sí es bella, ja, ja, no como aquella que nos quisieron vender y de bella no tenía más que el nombre. Así, con sus luces también, para que de noche el agua las refleje. Y música en vivo. Huapangos no porque no creo que aguante mucha bailadera, pero es cosa de ver. Hasta una banda pienso que a la gente le gustaría. Y sirve que así les enseñamos a los niños alguna cosa buena, que no se vayan a andar desbalagando. Yo pienso en eso, en el azul del cielo que a veces también se ve azul en el agua, es cosa de encontrarle el ángulo. A poco no, ustedes, con sus fotos, ¿no les salieron algunas bien bonitas?

Florencio habla como si callar significara que se hunde. Me pregunta si le puedo pasar las fotos y me dice que cuando esté el restaurante nos avisa para que vengamos a la inauguración.

—Nosotras traemos los globos, confeti y guirnaldas —le respondo.

Él hace una mueca parecida a sonreír.

En uno de los videocasetes que traigo del pueblo encuentro el festejo de cumpleaños de mamá.

En el video anterior a eso, ella lava ropa en tacones y se seca el sudor de la frente. Exprime y talla mientras lanza de reojo una mirada hacia la cámara y vuelve a la tarea, quiere hacer como que está sola. Se escucha «iluminada y eterna, enfurecida y tranquila» y ella saca agua de la pileta con un traste de yogur. Exprime y va a tender. Corte. Nieve en la pantalla, sin sonido. Segundos después, aparece la fecha: 21/11/1997 20:17. Todas en la mesa. Las hermanas de mi papá y la abuela están de visita. Hay un pastel en la mesa decorado con una velita de la Bella Durmiente reciclada de algún cumpleaños tuyo o de Bertha. Mamá tiene el cabello todavía húmedo porque se acaba de bañar, a la abuela le llama la atención y se lo acaricia, se nota cómo un escalofrío le recorre la espalda a mamá y responde que lo que pasa es que tarda mucho en secársele.

—Pues cómo no, si ya lo tienes bien largo.

—Sí, me lo quiero cortar.

—¿Y por qué no te lo cortas? Pregunta una de las hermanas.

—Porque su marido no la deja —le responde otra, señalándole la imprudencia.

—Bueno, es que ya sabemos cómo son los hombres de la familia, hija —contesta la abuela. Ya sabes cómo es él, también.

Y entonces voltean a ver a papá, que sostiene la cámara, titubea unos segundos, no responde nada y desvía la imagen. Se enfoca en el primo más chiquito, con unas pestañas inmensas y un carrito en las manos que lanza en carrera hacia el pastel. Choca contra el muro de betún y se queda atorado ahí. Entonces apareces tú, con el cabello también largo detenido por una diadema dorada. «Feliz cumpleaños, ma», le dices mientras tomas el encendedor de papá y lo acercas para encender la vela. ¿Habrá pedido algún deseo esa noche que no le contó a nadie con la intención de que se hiciera realidad?, ¿se habrá hecho realidad? Aun ahora, me cuesta trabajo imaginar lo que mamá quería, lo que le gustaba, lo que tenía ganas de hacer. Como si ella misma se hubiera quedado bajo el agua.

Se cortó el cabello exactamente una semana después de que papá se fue. Le daba miedo que le quedara mal, esa había sido la razón para dejarlo crecer tantos años, fue lo que dijo cuando regresó de la estética.

Todas las mañanas salías de casa con una cola de caballo trenzada apretadísima. No había ni un cabello fuera de ese apretujamiento. Mamá te ponía xité, pero después no tuvo tiempo de seguir hirviéndolo y dejar reposar el agua para que estuviera lista a la hora de la peinada, así que pasaron al Aqua Net, el mismo que Gaudencia usaba para hacerse el fleco con un tubo —mientras más grande, por supuesto que mejor—. Cuando te dio permiso de empezar a peinarte tú sola, usabas diademas y renunciaste a los fijadores para siempre. Era rara la sensación de tener algo tieso en la cabeza mientras las cabezas de las demás revoloteaban con el aire y a ti los ojos te dolían por la tensión. A Aurora nunca le apretaban tanto el peinado y sin embargo se veía perfecta.

Cuando Aurora y Fabi se fueron, comenzaste tú a irte también de a poco. Papá todo el tiempo decía que lo mejor era que estudiaras una carrera, medicina de preferencia, y te fueras. Decía que lo mejor era sacar-

246

te de ahí para no terminar con un marido alcohólico, tres hijxs antes de los veinte, y un especial gusto por la música de banda. Lo del no-marido, alcohólico o no, se hizo una convicción propia. Lo mismo que lo de lxs hijxs.

Pero la música de banda no se fue nunca.

Si él había llegado por casualidad a este pueblo, no quería que por casualidad sus hijas terminaran quedándose en él, que por casualidad se quedaran atrapadas como agua que no corre, que por casualidad no hicieran nada con sus vidas. Eso te lo puso bien adentro y te enseñó a querer ser siempre la mejor en todo, a querer demostrarle que eras buena y eras suficiente, pero nunca alcanzaste lo que él esperaba. Creciste con él diciéndote que estaba mal todo lo que te rodeaba y el resultado fue una sensación perenne de descolocamiento: como la figurita en una vitrina de abuela que termina en un museo, decorando un café del centro o vendida por Mercado Libre.

Aprendiste a competir sobre todo contra ti misma, y ahí comenzaste a sentir que tenías que hacer cosas para que te quisieran: sonreír, guardar silencio, sacarte un diez. Sonreír. Guardar silencio.

Tenías que irte pronto pero te faltaba un año para salir de la primaria y luego los tres de la secundaria. Antes de eso, no había manera. Aurora y Fabi ya no estaban. Me acuerdo de esto y no puedo creer que tu vida continuó por otro lado y que la de ellas se desvió mucho antes. Que no puedo saber quiénes son ni dónde están, y que probablemente, aunque se hubieran visto después, no tendrían nada para decirse. Pienso en las historias que me salvaron y pienso también en todo lo que nadie hizo por ellas. Ustedes crecieron como pudieron y nosotras nos tuvimos que hacer dos personas, Irene, tú te tuviste que esconder para que pudiera existir yo, I, y para que yo pudiera, muchos años después, volver aquí para contarte y tratar de entender qué era lo que te había lastimado tanto, qué era lo que necesitabas y nadie supo darte. Qué era el agua sucia para una niña como tú, Irene. Cómo esperabas reflejarte en lo oscuro y que eso te dijera algo de quién eras. Cómo espero yo hacer lo mismo.

Durante la construcción de la presa, el presidente municipal fue Luis Hitler Velázquez, así, con ese nombre. Por esos años, mientras mamá estaba en la cremería te mandaba a comprar frijol o galletas embetunadas a los abarrotes del chileno, un señor de gesto poco amable que no veía a nadie a los ojos. Ese hombre tenía un hijo algo mayor que tú, quien a veces atendía la tienda o andaba revoloteando por ahí.

Años después, supe por Niv que se llamaba León Enrique Bolaño y era hermano de Roberto Bolaño, a quien nunca conoció en persona pero se carteaba con él. Roberto nunca vino a visitarlo. León Enrique, en cambio, salió a estudiar y regresó, se convirtió en un político panista que se reeligió como presidente municipal. Dice un blog en internet que la mesa redonda en la que se empezó a escribir *Los detectives salvajes* está en la casa de la viuda del chileno, en este pueblo. A lo mejor si Bolaño hubiera venido alguna vez de visita alguien de mis amigxs hubiera sido personaje de una novela suya. En una de esas, nos hubiera ayudado a desviar a su hermano del panismo.

El pueblo no tiene una sola librería y esos abarrotes sobreviven con el nombre de Santa María. Presidentes como León Enrique siguen hablando con las mismas palabras grandes y vacías: bienestar para lxs cadereytenses, educación de calidad, trabajos dignos. Mi pueblo también se queda sin agua cuando la presa se llena. Mientras más llueve, menos agua sale por las llaves y hay que apartar lo más que se pueda de las lluvias.

Apenas vuelvo siento la necesidad de salir corriendo aunque cuando no estoy ahí extraño las gorditas de nopales en penca, la barbacoa de doña Lupe y los cinturones piteados. Papá quiso que tú no quisieras este sitio para que te pudieras ir pronto como él y de todas formas, ahora que no tengo idea de qué hacer, vengo aquí, para que el disimulo y la falta de palabras de mamá me ayuden a esconderlo todo y yo pueda hacer como que no estoy perdida. Tengo el sábado y el domingo para lograr sentirme bien.

Paso el día mirando hacia arriba: aquí el cielo casi siempre es azul y se ve más limpio que todo lo demás. El cielo se parece a los fondos de pantalla de los celulares y es mejor mirarlo que ver las milpas secas a medio trabajar. Nos gusta defender que somos horizontales, pero de pronto notamos que el dolor de cabeza se siente distinto según la posición, si te recuestas todo pega mal, si no sabes estar de pie de la manera adecuada. De pronto solo te ahogas en un agua que no siempre estuvo ahí pero parece. Queda la sensación de unas casas bien hundidas debajo de todo, de un fango antiguo, de troncos de árboles ya podridos por completo. Y en el medio de todo eso, la niña que eras me mira y yo alejo la vista, quiero ver detrás, más lejos, quiero ver lo que hay más allá de ella y encontrarme ahí.

Es lunes y otra vez tengo que inventar algo para darle largas al licenciado y también tengo que entregar las calificaciones del último parcial. Faltan tres semanas para que se acabe el semestre y aunque me pone contenta la idea de no tener que madrugar todos los días, me angustia que llegué otra vez a este periodo sin ahorros. Alcanzo a cubrir la renta del mes con la última quincena, la del siguiente ya veremos.

Antes de llegar, el licenciado me pide que pase por unos tacos de guiso y un refresco. Para él dos de asadura y uno de torta de camarón, como siempre. Para mí, uno de mole verde y otro de deshebrada roja. Cuando llego a la oficina me siento en el escritorio y como rápido. Saco el cuaderno de apuntes y aparece una foto de grupo que se debe haber traspapelado. En la imagen no sale Mónica porque ese día, como desde hacía un tiempo, también llegó tarde. Pero mamá, es decir, la maestra, siempre se hacía de la vista gorda con sus retrasos, solo con ella. Después de varias semanas,

252

el director se dio cuenta y la mandó llamar. Mónica dijo que iba a tener más cuidado pero siguió sin llegar a tiempo, lo siguiente fue un citatorio para su mamá. Mónica inventó cualquier cosa y como pudo esquivó el castigo. De todas formas seguía en el cuadro de honor porque tenía buenas calificaciones y eso le garantizaba que no fueran tan durxs con ella. En un recreo te contó el problema: sus hermanitos más chiquitos entraban a las nueve, el kínder lo abrían hasta las ocho y media y no podía dejarlos antes.

—¿Y por qué ya no los lleva tu mamá?

—Mi mamá nos habla todos los sábados a las tres de la tarde en punto, a esa hora llegamos a la caseta.

—¿Pero qué no vive con ustedes?

—Se fue hace dos meses, vuelve en noviembre.

—¿Y no la extrañas?

—El dinero se lo manda a mi tía Esperanza y ella nos va pasando cada semana, no nos falta nada. Como yo soy la grande, me toca cuidar a los más chicos.

—¿También está en Florida, como todos los señores de aquí?

—Sí, dice que a veces se encuentra con otros cuando vuelven de la pisca. Cuando yo llego a la casa, hago la comida, lavo los uniformes, limpio y después me pongo con la tarea de la escuela.

Ese día que te contó pusiste especial empeño en un resumen sobre los fenicios que les habían dejado y luego hiciste un mapa conceptual que le pasaste a la mañana siguiente. Ella no lo necesitaba porque había hecho el suyo y de todas formas no les revisaron la tarea. Seguiste llevándole apuntes y trabajos varios días, hasta que te pidió que pararas, de todas formas ese bimestre iba a sacar mejores calificaciones que tú. En su cuaderno de Español, ella tenía pegada una postal de Miami que te gustaba mucho.

El licenciado me sorprende por detrás con la página en blanco abierta. Me dice que no entiende por qué me cuesta tanto escribir esto, si siempre he hecho todo bien y a tiempo. Que soy su becaria favorita y que me confió ese reportaje porque soy la que mejor escribe. No es nada difícil, cinco o seis párrafos en los que hagas que a la gente le den ganas de ir a conocer, no tiene que ser muy detallado. Él sabe que crecí cerca y piensa que por eso voy a querer mostrar con orgullo ese sitio, cree que me lo estoy tomando demasiado en serio.

Me invita por una cerveza a la salida, yo dudo pero la acepto, hace varios meses que me dice de salir a tomar algo y le doy largas. No estoy para rechazarlo ahora que tengo ese pendiente encima y sé que no me va a dejar en paz hasta que lo entregue. Sé que aceptar su invitación me va a dar algunos días. Una y nada más. Cuando llegamos al bar, mucho más caro de lo que yo podría pagar, con luces tenues y sillas altas de cuero, me pide un gin tonic y pide otro para él.

—Es lunes, licenciado, mañana tengo que levantarme temprano.

—Eres joven, a tu edad la cruda no pesa.

—Licenciado...

—Brinda conmigo.

Siento el sabor de mi bebida, el gusto a romero ahumado que pusieron en la copa frente a mis ojos y lo amargo del agua quina, dejo que las burbujas me suban al paladar, los hielos me enfrían los labios y disfruto realmente el trago. Lástima de compañía. Él dice que ha estado pensando y es tiempo de darme un ascenso, ¿qué me parecería dejar de ser becaria? No puede ofrecerme un salario distinto al que ya tengo, pero mi puesto sería fijo, quiere que me quede a trabajar ahí, dice que ve mi talento y que él y yo juntos podemos lograr grandes cosas. Noto un énfasis extraño en el «juntos», pero decido no clavarme en la textura y dejo que siga hablando. Pues muy mal. Él quiere que me emocione, que celebre que puedo quedarme para siempre en ese trabajo. Para siempre. Escribiendo y editando notas para un semanario de publicidad. Para siempre. Sus palabras me retumban y me levanto al baño, incómoda. No quiero estar aquí y no quiero seguir hablando con este señor al que le apesta la boca y que mastica como si quisiera comerse a sí mismo en cada bocado. Su actitud es la de alguien que se siente dueño de todas las cosas, incluyéndome. Me hace el favor de darme trabajo, de invitarme esta copa. De seguro no he de tener, me dice como si no fuera él el responsable de lo que me paga cada mes y yo no supiera que podría darme el doble sin que eso significara ningún esfuerzo. Él cree que la vida se trata de poder pagar la renta, yo pienso que tiene que haber algo más.

A él le gusta la relación de poder que se forma con las que trabajamos ahí. Las otras cuatro tienen mi edad o menos y están en los últimos semestres de la carrera. La misma edad que tenía yo cuando entré como becaria. A ellas, además de pedirles dieciséis notas al mes, las manda a tratar con clientes y convencerlos de que pongan su publicidad en el semanario por una comisión irrisoria; cuando yo entré, necesitaba una correctora de estilo, así que prefirió dejarme solo con las horas de oficina, cosa que a mí me pareció tanto mejor: el ingreso fijo en vez de la aventura de tratar con gente y lograr convencerla de algo en lo que yo no creo. Nunca me siento tan bien como cuando imagino que puedo estar sola frente a la computadora y con eso ganarme la vida. Al principio, el semanario me servía para liberar mi servicio social y luego cuando terminé los créditos me quedé mientras encontraba algo. Después entré a trabajar a la prepa pero ese sueldo no me alcanzó para dejar el puesto y, luego de reírse de mí, me ofreció seguirme pagando lo correspondiente a la beca. En ese momento me pareció un gesto amable de alguien a quien yo le importaba y que era una buena opción quedarme ahí mientras pensaba qué hacer. Ya pasaron dos años y yo sigo sintiendo que algo tiene que moverse a mi favor, que tiene que haber una lámpara que pueda encender, una lluvia para ver y sentir que eso es el inicio de una temporada en la que todo se hará verde. Sigo esperando poder ser lo que me prometí a mí misma.

Cuando vuelvo a la mesa, tengo un gin nuevo esperándome, el licenciado ya está bebiéndose el suyo y noto que su actitud es otra, está mucho más relajado y se sienta con las piernas abiertas y las manos extendidas hacia atrás, en el respaldo de la silla en la que está casi recostado. Le pregunto si puedo pedir algo de comer. «Lo que quieras», me responde. Ordeno lo más barato del menú y seguimos hablando. Me pregunta por mi novia, si pienso que eso será algo serio. Le respondo algo leve y él de inmediato nota que las lágrimas quieren salírseme. «Ay, Irenita, cuando uno es joven le duele tanto el amor, después entiendes que no es para tanto y nadie se muere de eso»; sus consejos genéricos no me sirven ahora que sé que Camila se va y yo me quedo aquí sin saber qué hacer, que quiero salir corriendo hacia ella y pedirle que se quede, que planeemos una vida juntas, que me voy con ella adonde quiera. Ahora que sé que no me voy a atrever a decirle nada de eso porque el gesto sería ridículo y desmedido. Llevamos apenas dos meses juntas y yo lo que tengo es miedo de volver a quedarme sola, no sé distinguir entre ese miedo y las ganas de seguirla. Yo, que pienso que encontrarse con alguien es tan grande como para mover todo alrededor e inventarme un nombre distinto, que sé que voy a tener que superarla pero ahora creo que lo que siento es más de lo que yo misma soy. Espero poder contar esto un día sin imaginar todos los mundos posibles en los que estar juntas se siente como estar en casa.

Antes de que diga cualquier cosa, él me roza la mano, que quito de inmediato, y tomo la copa. Él, que no tiene idea de nada que tenga que ver conmigo y a quien no le importa nada más que él mismo, insiste y me toma por la muñeca, me jala para darme un beso en la boca que me paraliza y no respondo. Interpreta mi falta de movimiento como una respuesta y sigue, hasta que usa su lengua y yo la aprieto con los dientes. Primero piensa que es un juego e intenta zafarse hasta que siente más fuerza y se aparta. Miro su rabia y su desconcierto simultáneos pero no me dice nada, cuando traen la comida intenta disimular comentando sobre las papas y el parmesano, yo lo voy escuchando menos cada vez. Comemos en un silencio incómodo que termina cuando pide otra ronda. Licenciado, en serio me tengo que ir. Siento que tengo que aceptar y me quedo, sin saber qué hacer. Cuando se vuelve a acercar, lo separo con mi brazo en el cuello, no alcanzo a moderar mi reacción. Lo aviento y se cae de la silla, ante la sorpresa de la gente del bar que lo ve con desdén. Él, desde el suelo, me pide ayuda para levantarse y yo sigo detenida, sin poder moverme. De inmediato empiezo a sentirme culpable: esta es la escena de la que todas mis amigas me advirtieron y es todo lo que yo podría responder activamente, no quedándome quieta. Sé qué quiere de mí y sé que se siente autorizado a obtenerlo, está in-

258

vitando esta cena y sobre todo está pagando la mitad de mi ingreso cada mes. Entiendo entonces que no debí haber aceptado su propuesta, pero sé también que decirle que no hubiera implicado la exigencia de entregar el artículo lo más pronto posible, y no podía hacerlo, era más fácil venir aquí que hacerme cargo de lo que tengo que escribir y se me agolpa en la página que sigue estando en blanco en mi cabeza. Siempre es más grande el miedo de enfrentarse a una misma que el miedo de encontrarse con el otro. Él también lo sabe aunque no entiende los motivos, sigue en el suelo y yo me levanto, por fin, a ayudarlo. Cuando se incorpora, me agradece y me quiere besar otra vez, yo me alejo. No sé cómo decirle que esto es un error y no sé cómo pedirle que se separe. Pero él algo entiende y pide la cuenta sin dirigirse a mí, no me mira cuando habla con el mesero. Después, con los ojos me dice: «qué pendeja eres». Con los ojos me dice que acabo de equivocarme, que de esto no voy a salir indemne, que no sé quién es él y que tampoco sé quién soy yo. Eso último es lo que me aterra, pensar en todo lo que no puedo entender y en todo lo que deseo sin querer.

Llega el mesero y él ya no está, no me dejó dinero. Pago y camino a casa. Adiós, comida de la semana. Quiero pensar que estoy haciendo algo bien, pero la dignidad en este momento me suena más a un invento burgués que a una necesidad propia. Esbozo mensajes para mandarle y todos me parecen ridículos.

Empieza a llover y entre una calle y otra pienso en Camila, la llamo dos veces y no contesta. A la tercera, me devuelve la llamada. «¿Todo bien?», me pregunta. Respondo que sí. Está todo bien cuando la escucho, quiero contarle lo que acaba de pasar y no puedo. «Te voy a extrañar», le digo con la voz cortada. «Yo también», me responde sin más, «¿nos vemos mañana?».

He buscado muchas veces y no he encontrado ningún rastro de Aurora.

Pongo su nombre sin éxito en Facebook, ¿tendrá cuenta? ¿Con qué nombre? Seguro ya se casó y entonces es imposible saber la combinación de apellidos porque debe seguir en el otro lado, ¿habrá estudiado? ¿Tendrá ya una casa? De lxs hijxs estoy casi segura.

Aurora es un nombre lejano que dice todas nuestras renuncias, toda la vida que no elegimos. Una vez a la hora de la comida mamá te preguntó: «¿quién es tu mejor amiga?». Sin dudar, respondiste que Aurora. Mamá se puso seria. «¿Y tu mejor amiga, ma?». «Tú eres mi mejor amiga». El resto de la comida siguió en un silencio casi absoluto, enmarcado por las manecillas del reloj y el viento colándose entre las ventanas. Mamá decía que tú eras su amiga tal vez con la fe de que nombrándolo así se pudiera hacer realidad, y tú no fueras una responsabilidad suya y ella no fuera alguien a quien le tenías tanto miedo y de quien querías estar lo más lejos posible lo más pronto posible. Mamá te quería pero no sabía cómo quererte.

Me gustaría mucho encontrarla ahora. ¿Será feliz? Tengo una tristeza por el pasado tan rara que no sé qué hacer con ella. Googleo cualquier cosa, intento ver en los mapas la casa de Güencha, la primaria, todo. Veo poco y lo que veo no me alcanza. Llamo a papá y le pregunto si se acuerda del maestro Toño.

—Claro que me acuerdo. Pinche ojete.

—Ajá, pero ¿cómo se apellidaba?

—Creo que Martínez.

—¿Crees o estás seguro?

—Creo. O Juárez.

Busco Fabiolas Juárez y Fabiolas Martínez, no reconozco a ninguna.

—Oye, ¿y tú conociste a un señor Galdino en La Vega?

—¿Y hoy por qué tan preguntona? Sí, me acuerdo de él, era el delegado, ¿no?

—Tú dime, ¿sí lo conociste?

—Era un señor muy problemático, siempre andaba en pleitos.

—¿Pleitos de qué?

—Pleitos con todo mundo.

—¿Pero lo conociste?

—Una vez fue a una clausura.

—¿Y platicaste con él?

—Te digo que no, yo no quería tener que ver con personas como ese señor.

—¿Y sabes qué fue de él?

—Entiendo que se fue a Querétaro apenas lo indemnizaron.

—Pa, a Galdino lo mataron.

—¿Lo mataron? ¿Quién?

Apenas despierto voy por café a la cocina, Ana está sentada en la mesa y da sorbos largos, como si quisiera quemarse los labios para distraerse de lo que sea que está pensando. La tetera sigue en el fuego, esperándome para rellenar la prensa francesa. No hay nada de mí en lo que borbotea. Tengo que buscar la quietud para encontrarme y en lugar de eso voy al calor, el movimiento. No puedo ver mi reflejo en el agua que se evapora y floto sobre mí misma, puedo verme desde arriba y no encontrarme con mis propios ojos. Como si yo evadiera mi propia mirada, como si tú, Irene, estuvieras un poco en esos ojos que encuentro y que rehúyo, o como si lo que quedara de ti en mí me rehuyera, algo que quiere esconderse pero no porque me tenga miedo sino porque no quiere tener que detallar nada.

Y, sin embargo, dos miradas que no se han encontrado en mucho tiempo están obligadas a explicarse.

El pan está tostándose en la estufa y Ana ya tiene

sobre la mesa mantequilla y mermelada. La luz del sol le da directo en la cara y ella, en lugar de moverse, lo recibe apenas entrecerrando los ojos. Me dice que muy temprano le llegó un mensaje y ya no se pudo quedar en la cama, la casera le avisó que va a necesitar que desocupemos en dos semanas porque uno de sus hermanos va a venir a vivir aquí. La idea de tener que mudarnos nos toma por sorpresa y no sabemos cómo hacer, tenemos que buscar una casa nueva lo más pronto posible, para Ana y para mí, ya que Oli se va pronto.

Salgo a comprar un periódico para buscar mientras Ana entra a las páginas de Facebook que ofrecen lugares. Todo lo que podemos pagar nos parece horrible: demasiado pequeño, demasiado oscuro, demasiado lejos. Antes de salir al trabajo, hacemos un par de llamadas y sacamos citas, la urgencia no es buena compañía para encontrar una casa. Ana está asustada, ella tampoco tiene ahorros y pensar en pagar mudanza, el depósito, las reparaciones necesarias, nos abruma. Para mí, además, todo se cruza con que Camila se va el lunes temprano y queríamos pasar este último fin de semana juntas. Cuando le cuento, se ofrece a ayudarnos a empacar; poner toda nuestra vida en cajas nos recuerda dónde estamos y que no sabemos a dónde ir.

Encontramos, por fin, un departamento en la unidad habitacional que está cerca del Jardín Guerrero, vamos a extrañar el patio con plantas y la pileta, pero no hay muchas opciones si no queremos alejarnos del centro. El domingo lo pasamos entre el desastre y por la tarde vamos a dejar las primeras cosas al departamento nuevo. Las calles están mojadas porque anoche cayó otro aguacero fuerte y los charcos no han terminado de irse. Camila nos acompaña. Los cuartos vacíos nos hacen sentir un comienzo triste, como una fiesta que no queremos hacer. Ella me besa largo y siento una lágrima caer a mi mejilla, es la primera vez que llora y nos abrazamos, la última noche casi comienza.

No entiendo cómo se armó este hoyo. Donde antes hubo agua, ahora hay un fango que se seca. Se calienta con el sol para luego enfriarse en las noches. Hay sapos escondidos debajo, yo no sé cómo hacen para vivir tanto tiempo bajo tierra, no sé cuál es el límite que no pueden exceder, ¿se habrán enterrado alguna vez intuyendo que saldrían y se habrán quedado a morir porque el agua no les llega a tiempo? No sé si es una forma de acabarse a sí mismos. Y a estas alturas no sé si yo soy el sapo, el hoyo, el fango, la lluvia que no llega, o soy más bien una que va a la orilla todas las tardes y ahí espera. Nunca pasa nada pero, al cabo de unas semanas, el paisaje es irreconocible.

Me siento en la bicicleta fija, que permanece en medio de cajas y libros apilados. Camila se fue de madrugada haciendo muy poco ruido para, según ella, no despertarme; yo fingí que seguía dormida para no tener que despedirnos, y me quedé varias horas dando vueltas en la cama. Así de desabrida fue su manera de irse, así de sola me quedé extrañándola y entendiendo que alguien que ayer estaba aquí conmigo no va a volver y que yo no ayudé en nada para que lo hiciera.

Son las siete de la mañana y apenas hay un poco de luz que aparece por la ventana. Estas ventanas, las de mi cuarto, no son las más iluminadas en la casa. Pienso en Camila mientras pedaleo, pienso en todo eso que no estoy logrando escribir.

Me siento en la bicicleta y quiero pedalear muy lejos pero la bicicleta no se mueve, me muevo yo, la bicicleta se queda fija hasta que logro con mi movimiento hacer que se desplace unos centímetros, esos centímetros son la evidencia de que algo se mueve si me muevo, aunque sea muy poco, algo se mueve. Como el agua cuando parece que alguien está soplando, como el agua que ahoga todo lo que podíamos ser. Y yo me quedé aquí pensando en que quería ir a ver el agua, pensando en cómo crecía, pensando en cómo esa agua había hecho tan poco y tanto por la gente que la habitaba. Porque antes el agua estaba habitada. Porque hicieron una habitación de lo inundado. Porque no hubo pueblo capaz de esconder el sentimiento lodoso de todxs lxs que se tuvieron que ir. Oli toca la puerta. Entra y se pone frente a mí.

—Wey, estaba leyendo algo que a lo mejor te interesa. Poniatowska.

—¿Ajá...?

—El tomo dos.

—¿A poco sí terminaste el uno?

—No, pero quería ver qué decía en el dos.

—¿Y qué encontraste?

—Un infiernillo.

—¿Un qué?

—Mira.

Me extiende el libro con un par de páginas subrayadas enteras con marcatextos amarillo que no hay manera de obviar.

—¿Importa que no sepa de ingeniería? —Me inquieto.

—No, no —responde un jefe de la ICA—. El ingeniero Bernardo Quintana la escogió a usted.

—¿Puedo llevar a mi hijo? Tiene casi diez años.

—Sí, claro.

La presa El Infiernillo divide a Michoacán de Guerrero. Mane y yo nunca hemos visto cómo se levanta una cortina de piedra para contener el agua de una presa y el ingeniero ríe de nuestras preguntas.

«Esta presa es mi hija», dice con pasión.

Desde 1964, las aguas del río Balsas mueven una central hidroeléctrica que genera mil ciento veinte megawatts. Solo entiendo que es mucha luz.

Un agua del color del Chocomilk, que todavía desayuna mi hijo, roza nuestra embarcación. «Lleven traje de baño por si quieren echarse a nadar», advirtió el ingeniero. La gran extensión acuática hace olas bajo nuestra lancha.

—¿Qué es eso allá? —pregunto inquieta. De pronto despunta dentro del agua la cruz de un campanario.

—Era la iglesia, aún no termina de llenarse la presa. —Oigo la voz del ingeniero.

—¿Ahogaron sus casas, su plaza, su mercado?

—Así es, pero ya les dimos otras mejores. ¿Quieren nadar en torno al campanario?

No sé si reír o llorar.

Vuelvo a ver el video de hace unas semanas, ahí también aparece ICA, y el agua que va a llenar esa presa tiene el mismo color Chocomilk. Las invitaciones a nadar se repiten en los dos lugares y yo me pregunto qué pasaría si alguna vez, de verdad, me metiera a la presa a sentir el agua sucia tocándome la piel.

El Programa Nacional de Solidaridad se puso en marcha el 6 de diciembre de 1989, catorce días antes de que tú nacieras. Se trataba de un ejercicio desde el centralismo estatal para combatir la pobreza que incluía mejoras a caminos, infraestructura, becas y apoyos directos a la producción del campo. Se trataba, en realidad, de la puesta en marcha de un engranaje más complejo: se disfrazaba de apoyo estatal la retirada del propio Estado, pues toda reforma involucra la participación necesaria de las comunidades (con mano de obra, recursos, gestión). Mientras esa participación aumentaba, el neoliberalismo entraba de manera explícita con la firma del TLC en Toronto. Las promesas venían acompañadas de una política en la que la globalización, la fuerza de trabajo y la entrada a la modernidad implicarían el debilitamiento del peso mexicano y la consiguiente crisis.

El papá de Aurora se murió, Aurora se fue, los campos quedaron abandonados, tus compañeros de la primaria se fueron a Estados Unidos antes de terminar la secundaria, casi todas tus compañeras se convirtieron en madres antes de los dieciocho. Fabi se fue a que sus abuelxs la cuidaran e intentaran borrarle de los ojos el horror que vio.

Los caminos del pueblo ahora están pavimentados.

En la nueva casa nosotras llevamos cuatro días sin agua porque la presa está a punto de desbordarse otra vez y tuvieron que abrir las compuertas. Las noticias dicen que la situación va a durar al menos tres semanas.

Se trataba de confiar en el futuro.

Nos alistamos para ir a la inauguración del restaurante de Florencio. Compramos los adornos y unas cervezas para el camino. Cuando estamos por salir, Florencio nos habla por teléfono. «Hubo un problema con las balsas y no van a poder abrir hoy», nos dice con un nudo en la garganta que alcanza a escucharse en la llamada llena de ruido y distorsiones. Le preguntamos si igual podemos ir, pero responde que no porque no sabe cómo se van a poner las cosas, que mejor esperemos a ver cómo se resuelve y nos avisa apenas tenga nueva fecha. Bajamos todo del carro de Hugo y nos sentamos en la sala medio vacía y donde hace un calor que aturde. Abrimos las caguamas y Oli usa el ánimo que le sale de sus ganas de irse de la ciudad para poner música. Fumamos mientras pensamos qué vamos a comer. Oli saca unas latas de atún y unos jitomates que comienza a picar. Hugo toma uno de los globos, lo infla y forma con él un florero con juncos azules que no sé dónde aprendió a hacer. Comemos, vamos por más cervezas y cuando estamos con las últimas la tarde se apaga sobre nuestras caras.

Incómoda, me levanto al baño y antes de llegar siento algo húmedo entre las piernas. Sin que nadie me vea, rozo los muslos con un dedo. Un hilo rojo me mancha el pantalón de mezclilla. Apenas me bajo los calzones, siento que un alien comienza a moverse en mi vientre, revolotea y me provoca un cólico que hace mucho no sentía. Busco la copa menstrual y la enjuago. No me acuerdo si la herví la última vez, hace mucho de eso. Escucho y siento el paf que indica el vacío, está bien puesta.

Cuando regreso, levanto el celular. Hay un mensaje de Camila: «Vení».

Tengo que reconocerlo: no es que Camila me haya roto el corazón, es que me lo rompí yo. Ella no me prometió nada ni me dijo que todo lo que yo deseaba se iba a cumplir. Camila me enseñó a desear, a saber que puedo irme de todos los lugares que yo quiera, y sobre todo que no tengo por qué aceptar las cosas para las que me dijeron que tendría que estar lista ahora que tengo veintiséis años. Ya no tengo reportaje que enviar pero siento que necesito poner en orden todo lo que investigué, que quiero contarme esta historia de principio a fin, reconstruyendo los huecos. Escribo para hacer espacios míos en la memoria de lxs otrxs. Escribo para hacer con palabras un orden distinto en el que cobra dimensiones lo que no existe en la vida de todos los días, para poner énfasis en ciertos pasajes, para investigar cómo se ve el pasado cuando se cuenta con los ojos que tengo ahora. Antes que entender, lo que tengo son preguntas. Empiezo a escribir: «Estoy cruda y otra vez amanecí caliente».

Tomo un vuelo a Buenos Aires.

En la maleta empaco agua de la presa y gorditas de nopales. Voy a Buenos Aires y Camila me enseña su ciudad. Dejamos que la lluvia nos moje y cada gota nos convierte la piel en otra piel, nos secamos al sol al día siguiente y así vamos convirtiéndonos cada vez en otra versión de nosotras mismas. Estamos para inundarnos y a nuestro alrededor se despliegan aves de cuatro alas, flores con cinco centros, enredaderas que crecen treinta centímetros al día. Los edificios caminan hacia donde nosotras vamos, las calles se vuelven ríos cuando soplamos sobre ellas. Hacemos con nuestras manos una montaña rusa en la que viajan todas sus amigas, convertimos todos los billetes en obleas con dulce de leche tibio, abolimos el trabajo y organizamos excursiones para llegar a sitios que nadie conoce todavía.

El Río de la Plata crece y toma las casas a su paso, crece y todas las mujeres se convierten en peces, pulpos de agua dulce, medusas transparentes que iluminan con luces estroboscópicas. De nuestro pecho sale una música que no hemos escuchado nunca pero una multitud nos ayuda a corearla, es nuevo el ritmo y de todas formas suena a lo conocido, algo que estaba ahí antes de que cualquier persona habitara este planeta y que va a seguir ahí cuando no quede ningunx de nosotrxs. La vida sigue viviendo y encuentra su paso en los sitios más hostiles y las presas más contaminadas.

Camila me lleva bajo el agua donde encontramos una cueva oscura en la que nos besamos, somos una en el agua y no necesitamos salir a respirar. Siento cómo nuestro abrazo nos transforma y nos encoge y luego nos hace más grandes, nos salen burbujas verdes y luminosas y nos quedamos en esa cueva dos meses con sus noches, una hibernación dulce en la que nos venimos más veces que todas las amantes de Safo juntas. Cuando estamos listas para abandonar el refugio, no hay superficie a la cual salir, nos movemos y encontramos algo que antes fue la Carretera Panamericana. Ahí vamos, Camila y yo, convertidas en dos mojarras que atraviesan el continente por ese río inmenso, atroz de tan hermoso, en el que vamos saludando a las personas que nos ofrecen alimento y nos toman fotografías, asombradas porque nunca vieron tanta hermosura. Y ellas deslumbradas se nos van uniendo, apenas tocan el agua se convierten en mojarras que brillan por las noches.

Años estamos en el viaje porque no tenemos prisa por llegar, años que nos hacen brotar aletas nuevas y nuevos ojos cuando se desgastan. Después de la travesía, llegamos a Querétaro, donde nos esperan Hugo, Ana, Oli. Se arrojan sin dudar al agua y arrojan también la casa que se convierte de inmediato en una especie de bestia marina que nunca hemos visto y vamos juntas y todo se convierte en agua. Es nuestro entorno el agua sucia y contaminada, somos felices con el sabor acre de los químicos de las fábricas, con él nos alimentamos, con él crecemos un poco más cada día y conocemos una felicidad animal, ya no necesitamos palabras porque alrededor todo se mueve con una perfección inusitada. Lo que se muere comienza a estar inmediatamente vivo de otra forma. Somos nosotras y somos también todas las que vienen.

Ya no necesitamos combatir nada porque no hay más sistema político que nuestros cuerpos convertidos en otra cosa. Nos amamos y todas las noches y todos los días lo único que hacemos es amarnos con todos los seres vivos y no vivos que se van moviendo al mismo ritmo. Tomamos el río Querétaro y luego el río Moctezuma, inventamos un arroyo que nos desvía a Cadereyta, luego a El Palmar, después a Bellavista. Llenas de vida y de otras que nos siguen retomamos el cauce del Moctezuma y llegamos a la presa. Podemos bajar y obtenemos el cobre y lo sacamos a la superficie para que Florencio lo vea. No hemos salido en mucho tiempo y tememos ahogarnos, pero de inmediato los pulmones reaccionan y nos volvemos a hacer de dos pies, dos manos, dos ojos y una vulva.

Estamos desnudas y nadie se sorprende y nadie nos mira con deseo porque el deseo en este momento ya no es necesario. Salimos al sol (extrañábamos el sol) y nuestra carne se llena de escamas iridiscentes, escamas con glitter, capas de lentejuela, una sobre la otra. Frotar la piel es frotar algo que reluce y lo cubre todo. Nos mira la familia de Florencio y lxs invitamos a nadar con nosotras. Bajamos al panteón, hasta lxs muertxs tienen la piel verde y viva, las casas están como recién pintadas. Cada virus, cada bacteria, cada mojarra tiene sentido en el nuevo mundo que nos va naciendo mientras lo andamos. Reconstruimos cada quien una casa y plantamos árboles que florecen al día siguiente, así, bajo el agua, y nos dan frutas dulcísimas que no conocíamos, y nos dan los materiales para el vestido que no necesitamos porque ya dije que la desnudez no es un problema. Pero queremos el vestido por el lujo y la alegría y por jugar siempre a ser otras. Todo se nos da tan fácil que nos sobra el tiempo y si nos aburrimos vamos a la superficie donde el cañón está lleno de otras especies que también son nuestras amigas. A la montaña le salen miles de manos que cuando nos sienten, nos acarician, nos suben y nos bajan. Hay animales enormes que parecen dinosaurios y hay también una computadora que conecta mediante cables de luz todo con todo. De aquí nadie ha tenido que irse nunca. Es un país que recibe a quienes quieren, basta llegar por las aguas contaminadas y aprender a respirar un aire que podría matar.

Aprendemos a vivir así por siempre y luego, cuando envejecemos, volvemos a nacer, nada sobra y nada falta. Tenemos muchxs hijxs, miles de hijxs que van poblando nuestra comuna, una Adana y una Eva, abandonamos para siempre ser personas y comemos de todos los frutos porque ninguno está prohibido y ninguno le pertenece a nadie. Abolimos también la propiedad privada y cada quien duerme donde quiere y tiene ochenta amantes cada noche y cada día amanece fresca y limpia para inventar un lenguaje que todas aprendemos y volvemos a olvidar para aprender el nuevo. Un día llega una pez que se llama Aurora, otro día llega una pez que se llama Fabiola, abrazadas de otra que se llama Martina, una piraña diminuta y hermosa que tiene el poder de hacer llover de colores. Ellas son al mismo tiempo igual de niñas que cuando dejamos de verlas y son también dos adultas hermosas y fuertes a las que también amamos. Bailamos, bailamos juntas y bailamos hasta que se nos unen nuestrxs xadres y festejan con nosotras. Por primera vez entienden que este era nuestro destino: convertirnos en habitantes de un paraíso.

[Así es como me gustaría que hubiera sido.

Tal como a mí me hubiera gustado que fuera. Pero la realidad es que no respondo el mensaje, no tengo dinero para pagar un vuelo y no sé a dónde ir.

Años después, me mudaré de ciudad, lograré pagar la renta de un departamento para mí sola, podré viajar a Buenos Aires pero no encontraré a ninguna Camila. Me voy a enamorar muchas veces y voy a querer cuestionar el amor romántico solo cuando me duela lo suficiente. Mamá dejará de ser una pregunta sin responder para comenzar a serlas todas, para aprender que no necesito entenderla, que la vida que imagino para mí no es la vida para ella y que podremos, con eso, acompañarnos. Todos los días, cuando haga el café en las mañanas, sola, voy a darme cuenta de que fui feliz en esa casa de pileta al fondo, con mis amigas. Y que mis amigas fueron felices. Ana va a estar siempre ahí y aunque ya no vivamos juntas, nos hablaremos por teléfono todos los jueves y nos veremos una vez al mes o cada dos meses. No voy a extrañar ni por un segundo mi trabajo en el semanario, ni mi trabajo en la prepa conservadora. Un día me voy a sentar a escribir de nuevo esto que estás leyendo, pensando que ojalá alguien me hubiera dicho en ese momento que todo se trataba de paciencia.

Y que incluso en el agua sucia hay lugar para la vida].